El pequeño salvaje

El pequeño salvaje

T. Coraghessan Boyle

Traducción del inglés a cargo de
Juan Sebastián Cárdenas

Título original: *Wild Child*

Primera edición en Impedimenta: enero de 2012

Texto publicado originalmente bajo el título de «Wild Child» en la revista *McSweeney's*, y posteriormente en el volumen de relatos *Wild Child and Other Stories*, publicado en 2010 por Viking Penguin, a member of the Penguin Group (USA) Inc.

Copyright © T. Coraghessan Boyle, 2010
Copyright de la traducción © Juan Sebastián Cárdenas, 2012
Copyright de la presente edición © Editorial Impedimenta, 2012
Benito Gutiérrez, 8. 28008 Madrid

http://www.impedimenta.es

Diseño de colección y coordinación editorial: Enrique Redel

Ante la imposibilidad de contactar con el autor de la ilustración de cubierta, la editorial pone a su disposición todos los derechos que le son legítimos e inalienables.

ISBN: 978-84-15130-66-6
Depósito Legal: S. 46-2012

Impresión: Kadmos
Compañía, 5. 37002, Salamanca

Impreso en España

Cualquier forma de reproducción, distribución, comunicación pública o transformación de esta obra solo puede ser realizada con autorización de sus titulares, salvo excepción prevista por la ley. Diríjase a CEDRO (Centro Español de Derechos Reprográficos, www.cedro.org) si necesita fotocopiar o escanear algún fragmento de esta obra.

1

Durante la primera tormenta de otoño en el poblado de Lacaune, en la región francesa de Languedoc, cuando las hojas yacen a los pies de los árboles como billetes viejos y las ramas alumbran oscuras contra el cielo encapotado, un grupo de cazadores que volvían a casa, empapados y sin nada que diera fe de sus esfuerzos, divisaron una figura humana en la penumbra del bosque. Parecía ser un niño, un muchacho, y estaba totalmente desnudo, indiferente al frío y a la lluvia. Se lo veía absorto —rompiendo bellotas entre dos piedras, como pronto averiguarían—, así que en un principio el niño no les vio venir. Sin embargo, uno de los hombres —Messier, el herrero del pueblo, cuyas manos y brazos habían adquirido el color rojizo de la piel de los indios por la dureza de su oficio— tropezó en un agujero y perdió el equilibrio, tambaleándose dentro del campo visual del niño. Fue ese movimiento repentino lo que lo espantó.

Un instante después ya no estaba allí, acurrucado sobre su colección de bellotas. Se había desvanecido entre la maleza con la hipersensibilidad de un armiño o una comadreja. Ninguno habría podido jurarlo —tan breve había sido el encuentro, cuestión de segundos—, pero todos afirmarían que la figura había escapado andando a cuatro patas.

Una semana más tarde el niño fue visto de nuevo, esta vez en el linde de los campos de un granjero, sacando patatas de la tierra y masticándolas tal como salían, sin el beneficio de la cocción o sin siquiera lavarlas.

El granjero tuvo el instinto de ahuyentarlo, pero se contuvo. Había oído hablar de un niño salvaje, un niño del bosque, un *enfant sauvage*, así que se acercó a rastras para observar mejor el fenómeno que tenía ante sus ojos. Vio que, en efecto, el muchacho era muy joven, a lo sumo de ocho o nueve años de edad, y que solo usaba sus manos y sus uñas rotas para cavar en la tierra húmeda, tal como lo haría un perro. A juzgar por su aspecto, el chico parecía normal, pues usaba con soltura sus piernas y sus manos, pero se le veía en extremo demacrado y sus movimientos eran veloces y autónomos. En determinado momento, cuando el granjero había logrado acercarse a veinte metros, el niño levantó la cabeza y lo miró a los ojos. Al granjero le resultó difícil apreciar el rostro del niño debido a la maraña de pelo que le enmascaraba los rasgos. Por un instante nada se movió, ni el rebaño en la colina, ni las nubes en el cielo. Había algo sobrenatural en el silencio del campo, los pájaros ocultos en los setos contuvieron el aliento, la brisa se detuvo y hasta los propios insectos enmudecieron bajo tierra. Esa mirada —los ojos bien abiertos, sin parpadear ni una sola vez, negros como café recién colado, la rigidez de la boca alrededor de los caninos descoloridos— era la mirada de algo proveniente del Reino de los Espíritus, algo trastornado, extraño, aborrecible. Fue el granjero quien acabó marchándose.

Fue así como la leyenda empezó a cocerse y finalmente se extendió por todo el distrito a lo largo del otoño de 1797, cuando se cumplía el quinto aniversario de la fundación de la nueva República, y hasta bien entrado el año siguiente. El Terror había llegado a su fin, el Rey estaba muerto, y la vida, sobre todo en las provincias, había vuelto a la normalidad. La gente necesitaba algún tipo de misterio que le diera sustento espiritual, una creencia en lo arcano y lo milagroso, y muchos de los habitantes del pueblo —recolectores de setas y trufas, cazadores de ardillas, campesinos doblados bajo el peso de un haz de leña o de una cesta llena de nabos o cebollas— dieron en montar guardia en el bosque. Sin embargo, no fue hasta la primavera siguiente cuando alguien volvió a ver al niño; esta vez se trató de un grupo de tres leñadores que, guiados por Messier, el herrero, corrieron tras él. Lo hicieron sin pensar, sin ninguna razón, lo persiguieron porque el niño huyó y ellos debían de estar cazando algo, un gato, un cervatillo, un jabato. Al final, el niño, acorralado y sin aliento, se subió a un árbol y comenzó a agitar las ramas y a arrojarles cosas a sus perseguidores. Cada vez que uno de ellos intentaba subir al árbol y agarrar el calloso pie del niño, resultaba mordido y aporreado. Por último los hombres decidieron que lo harían bajar con fuego. Encendieron una hoguera al pie del árbol y el niño observó desde el profundo refugio de sus ojos a esos tres bípedos, a esos animales andrajosos y violentos, con sus extrañas costumbres y sus balbuceos. Imaginémoslo allí, agazapado en la copa de árbol, la piel tan mellada y corroída como un pellejo de animal azarosamente quemado por el sol, la cicatriz adornando su cuello, ese blancuzco tajo, visible incluso desde el suelo, los pies colgando de las ramas, los brazos lánguidos, a medida que el humo crecía a su alrededor.

Imaginémoslo, pues él no habría sido capaz de imaginarse a sí mismo. Él no conocía nada más que lo inmediato, solo comprendía aquello que sus sentidos le transmitían. A la edad de cinco años —pequeño y desnutrido, ese tozudo decimotercer hijo de una tozuda familia de campesinos, la mente laxa y pre-lingüística— fue llevado al bosque de La Bassine por una mujer que a duras penas conocía, la segunda esposa de su padre, quien no pudo reunir las fuerzas necesarias para hacer lo que tenía que hacer, así que cuando lo agarró del pelo y le retorció la cabeza para rajarle la garganta, la mujer cerró los ojos y el tajo con el cuchillo de cocina no fue certero. Aunque entonces pareció suficiente. La sangre derramada le arrancó un halo de vapor a las hojas y el niño cayó hecho un nido, encogido y esquelético, a medida que la noche descendía sobre ellos y la mujer ya desandaba el sendero del bosque.

Él, claro está, no tenía ningún recuerdo de estos hechos, no recordaba haber vagado durante días y días, recogiendo cualquier cosa para comer, mientras su camisa y sus pantalones se iban rompiendo, descosiéndose en hilachas hasta que no hubo ya ni rastro de su ropa. Para él solo existía el instante, y el instante podía darle la oportunidad de atrapar cosas con las que calmar el hambre, cosas sin nombres y sin apenas atributos excepto el deseo de escapar de sus manos: ranas, salamandras, un ratón, una ardilla, polluelos y los agridulces huevecillos de los pájaros. Encontró bayas, hongos, comió cosas que lo hicieron enfermar y que a la vez afinaron su sentido del gusto, del olfato, de modo que aprendió a distinguir lo comestible de lo que no lo era. ¿Se sentía solo? ¿Asustado? ¿Tenía alguna superstición? Nadie lo sabía. Ni él mismo habría podido explicarlo pues no poseía lenguaje, ni ideas, ni manera de saber que estaba vivo, ni que había un lugar donde vivía ni por qué. Era un ser salvaje, un atavismo viviente y palpitante, y su vida no se distinguía en nada de la de cualquier otra criatura del bosque.

El humo le irritaba los ojos, le impedía respirar. El fuego que crecía y se elevaba empezó a oscurecerlo todo. Cuando se desplomó, los hombres lo atraparon al vuelo.

2

Conocía el fuego por los rescoldos de las hogueras que los campesinos hacían con las sierpes del año anterior y el rastrojo de los campos, y sabía por experiencia que una patata entre las brasas se convierte en una comida sabrosa y fragante. El humo de la fogata de los leñadores, sin embargo, lo asaltó de tal modo que todo el aire se envenenó a su alrededor, haciéndolo caer en un estado de inconsciencia. Una vez maniatado, Messier lo agarró en brazos y los tres hombres emprendieron el camino de regreso al poblado de Lacaune con el niño a cuestas. La tarde caía, la oscuridad empezaba a acumularse en torno a los troncos de los árboles, sobre las hojas del follaje que parecían teñidas de brea. Los tres hombres estaban ansiosos por volver a casa y calentarse en el hogar —hacía frío para ser abril y el cielo salpicaba una lluvia fina—, pero ahí estaba aquella maravilla, ese fenómeno de la naturaleza; la perplejidad por lo que acababan de hacer les daba fuerzas para continuar. Antes de que hubieran alcanzado las primeras casas con el niño inconsciente cargado sobre los hombros de Messier, todo el pueblo sabía ya que los leñadores se acercaban. El abuelo Fasquelle, el hombre más viejo de Lacaune, cuya memoria se remontaba a los tiempos del abuelo del rey muerto, los miró boquiabierto y todos los niños que se hallaban en los patios y los portales de las casas se acercaron corriendo a la muchedumbre, nutrida también por sus padres, que dejaban los azadones o los cucharones en las cazuelas para unírseles.

Llevaron al niño a la taberna —adónde si no, excepto tal vez a la iglesia, algo que no tenía sentido, al menos de momento— y entonces este pareció volver en sí, justo en el momento en que Messier se lo entregaba en la puerta a DeFarge, que era el dueño. El herrero lo tenía bien agarrado de las piernas, sujeto por la rabadilla. DeFarge, con sus suaves y blancas manos de tabernero, lo tomó por los hombros y la cabeza. Detrás de ellos, además de los dos compañeros de Messier, se hallaba la muchedumbre del pueblo, que crecía a ojos vista: niños gritando; hombres y mujeres apretujándose para ver mejor lo que ocurría, todos concentrados ante la puerta abierta. Si un forastero hubiera presenciado la escena habría pensado que el alcalde había declarado día feriado y bebidas para todo el mundo por cuenta de la casa. Hubo un instante suspendido en el tiempo, el gentío empujando, el niño justo en el umbral de aquella maltrecha estructura, lo salvaje y lo civilizado en precario equilibrio. Fue entonces cuando los ojos negros del niño se abrieron de repente y, con un solo movimiento animal, sacudió la cabeza y clavó sus dientes en el exceso de carne que colgaba del mentón de DeFarge.

Pánico repentino. DeFarge dejó escapar un alarido y Messier apretó las piernas del niño con todas sus fuerzas, incluso cuando el tabernero lo dejó caer, presa del dolor y del miedo. Con el trozo de carne entre los dientes, el niño se estrelló contra el suelo. Quienes presenciaron lo ocurrido dijeron que había sido igual que si una tortuga de los pantanos, obligada a salir del barro, hubiera agitado su azulada cabeza, lanzando dentelladas a diestra y siniestra. La sangre cayó, instantánea, paralizante, y cubrió en cuestión de segundos la barba del tabernero. Los que ya se hallaban dentro del salón se apartaron mientras la muchedumbre retrocedía a toda prisa en la puerta. En el suelo, Messier intentaba contener al muchacho, que corcoveaba y se retorcía bajo el umbral. Hubo gritos y llantos, y dos o tres de las mujeres allí presentes comenzaron a sollozar con una pena tan honda que lograron conmover a todo el pueblo. Aquella cosa salvaje se hallaba por fin entre ellos, esa bestia o demonio, ahí estaba, a sus pies, esa forma que se retorcía en el umbral, con el hocico cubierto de sangre. Asombrado, Messier dejó de luchar y se incorporó, los ojos abiertos de perplejidad, como si hubiera sido él la víctima del ataque de la bestia.

—¡Apuñaladlo! —bufó alguien—. ¡Matadlo!

Pero entonces vieron que solo era un niño, una criaturita que apenas superaba el metro de altura y que no vendría a pesar más de setenta libras de puro hueso. Dos hombres le taparon la cara con un costal para que no pudiera morder a nadie y lo redujeron aplastándolo con sus cuerpos hasta que el niño dejó de agitarse, y sus garras, que habían conseguido deshacer los nudos, estuvieron atadas nuevamente.

—No hay nada que temer —anunció Messier—. Es un niño humano, eso es todo.

DeFarge, maldiciendo, salió del lugar para ser atendido y a nadie —de momento, al menos— se le pasó por la cabeza la rabia. La gente formó un círculo cerrado alrededor del niño maniatado, el *enfant sauvage* al que se había privado de la ligereza y la vivacidad del bosque. Vieron que tenía la piel curtida y oscura, como la de un árabe, que los callos de sus pies lucían endurecidos y muy gruesos, y que sus dientes eran tan amarillos como los de una cabra. El pelo era pura grasa y protegía a los campesinos del brillo inmutable de sus ojos toda vez que le cubría el rostro y los extremos de la mordaza que se hundía en lo profundo de su boca. A nadie se le ocurrió cubrirle los genitales, que eran los genitales de un niño, dos bellotas y un palito.

Cuando cayó la noche nadie quiso salir del salón. La gente seguía agolpada a las puertas de la taberna, asomándose por turnos durante un segundo para echar un nuevo vistazo; la bebida corría sin parar, la oscuridad se remojaba en el frío de la primavera, la esposa de DeFarge echaba leña al fuego y todos los hombres, mujeres y niños estaban seguros de que habían sido testigos de un milagro, de algo más aterrador y maravilloso que el nacimiento del ternero de dos cabezas en la granja de Mansard el año anterior, más asombroso incluso que la víbora de cien cabezas. De vez en cuando le daban algunos toques al niño con las puntas de sus zuecos y botas. Otros, más curiosos o valientes, se agachaban para oler lo que todos, sin excepción, convinieron en calificar como un aroma salvaje más propio de una bestia en su guarida que de un niño. Más tarde apareció el párroco para darle la bendición, y, aunque hasta los indios salvajes de América ya hubieran sido conducidos al amparo de Dios, lo mismo que los aborígenes de África y Asia, el párroco mostró en este caso ciertos reparos.

—¿Qué ocurre, padre? —preguntó alguien—. ¿Es que no es humano?

Pero el párroco —un hombre muy joven, de rostro angelical y casi lampiño— se limitó a negar con la cabeza antes de desaparecer por la puerta.

Luego, cuando la gente se cansó del espectáculo y los párpados empezaron a cerrarse y los mentones a ceder a la gravedad, Messier —el más vocinglero y posesivo del grupo— insistió en que el prodigio debía ser encerrado en la trastienda de la taberna durante la noche y dejar que las noticias sobre su captura se divulgaran por toda la provincia al día siguiente. Le habían quitado la mordaza al niño para darle de comer y de beber, y algunas personas, sobre todo las mujeres, trataban de convencerlo para que probara una cosa y la otra —un cacho de pan, una tajada de liebre estofada, vino, caldo— pero, en vez de hacer caso, él se revolvía, escupía y no aceptaba nada. Alguien especuló que quizás había sido criado por lobos, como Rómulo y Remo, y que tal vez solo consumiera leche de loba, así que le dieron una pequeñísima cantidad del sustituto más cercano que encontraron —la leche de una de las perras del pueblo, que acababa de parir—, pero también eso rechazó. Como hizo con las asaduras, los huevos, la mantequilla, el budín y el queso que le ofrecieron. Al cabo de un rato, después de que casi todos los habitantes del pueblo se hubieran inclinado pacientemente frente a aquella figura maniatada y frenética para tenderle de manera tentadora algún tipo de alimento, terminaron por darse por vencidos y se retiraron a dormir a sus casas, emocionados y satisfechos pero exhaustos, muy exhaustos, además de abotagados por el licor.

Entonces se hizo el silencio. Se hizo la oscuridad. Traumatizado, aturdido, el niño yacía en un estado de duermevela. Temblaba, pero no por el frío, puesto que estaba acostumbrado a las inclemencias del tiempo, incluso al invierno en sus jornadas más crudas. Era por puro miedo por lo que temblaba. No sentía los miembros, pues las cuerdas estaban atadas con tanta fuerza que le cortaban la circulación, y se sentía aterrorizado por aquel lugar en el que lo habían confinado, un espacio cerrado por seis planos, en el que no había ni rastro de las estrellas en el firmamento, ni del aroma del pino, ni del enebro, ni del rumor del agua corriente. Animales más grandes y poderosos que él lo habían capturado para su diversión, lo habían elegido como presa, de modo que el niño no tenía otro horizonte que el miedo, pues carecía de palabras para referirse a la muerte y no tenía manera de conceptualizarla. Él simplemente atrapaba cosas, cosas escurridizas y asustadas, y las mataba y luego se las comía. Pero eso era en otro lugar y en otro tiempo. Tal vez fuera capaz de establecer algún tipo de conexión, tal vez no. Pero en determinado momento, cuando salió la luna y un fino rayo de luz se coló por una abertura entre dos piedras del muro que tenía enfrente, el chico empezó a revolverse.

No tenía noción del tiempo. Estirándose, meciéndose, flexionando, empujando con sus dedos de los pies y rascando con las uñas, logró cambiar de posición una y otra vez hasta que las cuerdas, poco a poco, empezaron a ceder. Cuando consiguió aflojarlas lo suficiente, las rompió como si fueran hebras de vegetación, esas lianas, zarzas y tupidas ramas que se le solían enredar entre los tobillos y las muñecas mientras deambulaba por el bosque. Un instante después ya era capaz de moverse a hurtadillas por el cuarto. Había dos salidas, pero él no sabía lo que eran las puertas; cuando lo habían llevado a ese lugar para arrojarlo de cualquier manera sobre un lecho de pajas en el suelo de tierra apisonada, la intensidad de sus temores le había impedido descubrir para qué servían. No obstante, las palpó, sintió la madera como una textura particular que contrastaba con la de la piedra, y apoyó el peso de su cuerpo contra ellas. No ocurrió nada. Las puertas —una conducía a la taberna y la otra daba al patio— estaban cerradas con pestillo pero, aunque no lo hubieran estado, de todos modos habría sido incapaz de descifrar el secreto de sus goznes o de su funcionamiento. Sin embargo, unos metros por encima de su cabeza estaba el techo, que era de paja y que se apoyaba sobre una hilera de palos separados entre sí por una distancia mínima. De un solo salto trepó al cielo raso, al que se aferró como un insecto gigante, y a continuación solo tuvo que separar dos de los palos para empezar a abrirse paso hacia el aroma de la noche.

3

Durante más de dos años el niño eludió la captura, perdurando como una pesadilla recurrente en los márgenes de la imaginación popular. Cuando el viento mistral barría los tejados y aullaba en las chimeneas, la gente murmuraba que el niño había alborotado a los espíritus del bosque. Si se perdía una gallina todos culpaban al *enfant*, aunque nadie lo vio nunca consumir carne o dar siquiera muestras de que sabía lo que era. Si llovía mucho o muy poco, o si el grano se ennegrecía o los viñedos se llenaban de pulgones, la gente se santiguaba maldiciendo a la criatura, que había dejado de ser un niño para convertirse en un espíritu, en un demonio expulsado como los ángeles rebeldes lo fueron del cielo, mudo y demente. Los campesinos afirmaban haberlo visto retozando en los pastizales a la luz de la luna, nadando como una rata en el río, disfrutando del sol en verano y deslizándose entre las costras de nieve que se acumulaban al pie de las colinas, ajeno por completo al frío. Se referían a él como El Desnudo. El Animal. O, sencillamente, El Salvaje.

Por su parte, el niño rasguñaba, cavaba y se dejaba guiar por su olfato. Relegado al estado más primario, su vida se reducía a buscar alimentos. Si hacía una incursión en los campos corría el mismo riesgo que cualquier otro animal de ser atrapado, o de recibir un disparo, o de quedar apabullado por la repentina aparición de un andrajoso espantapájaros. Aun así, su dieta, como podrá suponerse, era bastante pobre, y consistía casi enteramente en pequeños vegetales. En invierno sufría tanto como los pájaros. Pero de algún modo lograba sobrevivir. Y crecer. A base de acechar los corrales, los vertederos y los graneros fue ganando en astucia, en velocidad, en fuerza, así que los granjeros empezaron a usar a sus perros contra las incursiones del chico, solo que él era más canino que cualquier perro y demasiado inteligente para subirse a un árbol. ¿Acaso había llegado a comprender que la gente formaba parte de su tribu del mismo modo en que un oso instintivamente prefiere relacionarse con otros osos y no con zorros o lobos o cabras? ¿Sabía que era humano? Debía de saberlo. No tenía palabras para formular la proposición, ninguna manera de pensar más allá del momento presente, pero a medida que crecía se iba volviendo menos una criatura del monte y más una de los prados, de los jardines, del oscuro margen del bosque donde los árboles y el maquis ceden el terreno a los cultivos.

Finalmente llegó el invierno de 1799, que fue especialmente riguroso. En aquel entonces, aparentemente cansado del bosque de La Bassine y vagando en busca del siguiente alijo de setas o de uvas silvestres o de bayas, y de las larvas que extraía de la pulpa de los árboles moribundos, había cruzado las montañas, a lo largo de la planicie entre Lacaune y Roquecézière, siguiendo de nuevo el curso del Lavergne hasta las inmediaciones de la villa de Saint-Sernin. Era a comienzos de enero, justo después de Año Nuevo, y el frío se había enseñoreado de todas las cosas. Al caer la noche, el chico se fabricó un nido con ramas de pino, pero durmió de manera irregular a causa de los temblores y el hambre, que le hacían mella en las entrañas. Con la primera luz del día se levantó y comenzó a escarbar entre los terrones dispersos de ese campo aletargado en busca de algo que llevarse a la boca: tubérculos, cebollas, la broza y los restos de los granos cosechados hacía mucho… De pronto un movimiento fantasmal llamó su atención. Vio que había humo elevándose por encima de los árboles al otro lado del campo. Estaba a cuatro patas, cavando. La tierra, húmeda. Un cuervo se burlaba de él desde los árboles. Sin pensarlo, sin saber lo que hacía o por qué, se levantó y corrió hacia la cabaña de donde salía ese humo.

Adentro se hallaba François Vidal, el tintorero del pueblo, que acababa de levantarse y había encendido el fuego para calentar la estancia y prepararse unas gachas. No tenía hijos, era viudo y vivía solo. De las vigas del único cuarto de su cabaña colgaban las hierbas, las flores y los hierbajos pantanosos que usaba como tintes. Era la única persona en toda la región que podía producir un *bon teint* de púrpura real sobre lana virgen, empleando su propia mezcla y sus fijadores, así que, por pura necesidad, era un hombre extremadamente reservado. ¿Deseaban sus competidores hacerse con sus recetas? Oh, sí, desde luego. ¿Lo espiaban? No estaba seguro de ello, pero tampoco podía afirmar que no lo hicieran. En cualquier caso, el tintorero salió de su casa en dirección al rudimentario establo para alimentar y ordeñar a su vaca, pensando en apartar la nata para completar sus gachas. Fue entonces cuando vio algo —un oscuro centelleo animal— que se erguía contra la tierra parda y el fondo de los árboles sin hojas.

No tenía ningún prejuicio, pues a sus oídos no habían llegado los rumores procedentes de Lacaune, o siquiera de la villa más cercana. Así que cuando sus ojos enfocaron aquella figura y registraron la imagen en su cerebro, vio que no se trataba de un animal, sino de un niño humano, un muchacho sucio, que caminaba hacia él sin protección alguna contra los elementos. Se le veía muy necesitado. Así que el hombre estiró la mano en señal de invitación.

Siguió a continuación una lucha de voluntades. Como el chico no respondía, Vidal extendió ambas manos, con las palmas abiertas, para mostrarle que estaba desarmado y le habló con voz suave y tono persuasivo, aunque el niño pareció no entender, o siquiera escuchar, lo que el otro le decía. En su infancia, Vidal había tenido una medio hermana sordomuda, y la familia había creado su propio sistema de signos para comunicarse con ella, si bien el resto de los habitantes del pueblo tendían a rechazarla como si se tratara de un monstruo de feria. Fueron esos signos los que empezó a recordar el tintorero mientras se hallaba allí, muerto de frío, contemplando al chico desnudo. Si, como parecía, el niño era sordomudo, entonces quizás sabría responder a sus gestos. Las manos de Vidal, manchadas con los residuos de sus tintes, describieron fugaces y elegantes figuras, pero todo fue en vano. El chico seguía allí, paralizado, los ojos oscilando entre el rostro del tintorero y la casa, el establo, el humo que se achataba antes de dispersarse por el cielo. Finalmente, temiendo espantarlo, Vidal retrocedió lentamente hacia la cabaña, hizo un gesto de invitación en el umbral y dejó la puerta abierta tras él.

Poco después, cuando Vidal se hallaba agazapado frente al hogar tras haber ordeñado a la vaca Rousa, que mugió a causa de un sonido que se sintió como un remoto e intermitente parte meteorológico proveniente de las colinas, el chico se acercó al umbral lo suficiente para que Vidal pudiera observarlo por fin con cierto detenimiento. Le extrañaba que alguien permitiera que su niño anduviera por ahí como un animal salvaje, con toda la mugre del bosque incrustada en cada poro de su piel, con el pelo lleno de abrojos y palitos y moho, y con las rodillas casi tan callosas como los pies. ¿Quién era aquel muchacho? ¿Acaso había sido abandonado? Entonces vio la cicatriz en el cuello del niño y la respuesta a sus preguntas le pareció evidente. Cuando le hizo un gesto para que se acercara al fuego, señalando también el cazo renegrido donde espesaban las gachas, Vidal vislumbró el rostro de su hermana muerta.

Con cautela, paso a paso, el chico se acercó al fuego. Y con la misma precaución, pues temía que cualquier movimiento brusco pudiera hacerlo retroceder por la puerta,

Vidal echó algo más de leña en el hogar hasta que las llamas se avivaron. Retiró el cazo del fuego y lo puso a enfriar en la rejilla. La puerta seguía abierta. La vaca mugió. Usando sus manos para comunicarse, el tintorero le ofreció al chico un plato de gachas que despedía un fragante vapor. También tenía la intención de ir a buscar un poco de leche y de cerrar la puerta en cuanto se ganara su confianza, pero el chico no demostró ningún interés en la comida. Se mostraba inquieto, vacilante, y tenía los ojos fijos en el fuego. Se le ocurrió a Vidal que quizás el niño no supiera lo que eran las gachas, que no supiera lo que era un plato o una cuchara, y mucho menos cómo se usaban. Así que hizo algunos gestos para recrear la pantomima del acto de comer, tal como lo haría un padre con su hijo, llevándose la cuchara a los labios y probando las gachas, masticando y tragando exageradamente e incluso frotándose el abdomen en círculos y sonriendo satisfecho.

El chico se mostró inmutable. Simplemente permaneció allí, titubeante, aparentemente fascinado por el fuego. Y es casi seguro que habría seguido así todo el día si no hubiera sido por la repentina ocurrencia del viejo. Quizás habría alimentos más rudimentarios, pensó, alimentos del bosque o del campo que el niño estuviera acostumbrado a comer sin temor. Nueces y cosas por el estilo. Miró a su alrededor. No había nueces. No era temporada. Pero en una cesta recostada contra la pared del fondo estaba el puñado de patatas que había traído del sótano con la intención de freírlas en manteca para la cena de esa tarde. Con mucho cuidado, haciendo gestos ostensibles con el cuerpo y las manos para no alarmar al niño, se levantó, y lentamente —tan lentamente que alguien podría haberlo tomado por un niño en pleno juego de las estatuas— se acercó a la pared, levantó la tapa de mimbre y, continuando con la pantomima, levantó la cesta para mostrarle al niño su contenido.

Con eso bastó. En un instante el niño estaba allí, a unos pocos centímetros, el olor salvaje manando de su cuerpo como el almizcle, las manos escarbando en la cesta hasta hacerse con todas y cada una de las patatas —serían una docena o más—. Luego, con un solo movimiento, se plantó frente al hogar y empezó a arrojarlas una a una al fuego. Su rostro se iluminó de repente, los ojos desorbitados. De sus labios escapó una serie de chillidos breves e inarticulados. En cuestión de segundos, en el tiempo que le llevó a Vidal entornar la puerta y cerrarla del todo, el chico había metido ya las manos en las brasas y había sacado una de las patatas todavía crudas, quemándose los dedos en el proceso. De inmediato, como si no tuviera noción de lo que implicaba la cocción, comenzó a mordisquearla compulsivamente. Una vez hubo terminado, agarró la siguiente y luego otra, y otra, repitiendo la misma secuencia, solo que ahora las patatas estaban chamuscadas por fuera y crudas por dentro, y los dedos del niño visiblemente quemados.

Afligido ante esta imagen, Vidal intentó mostrarle cómo se usaban las pinzas de hierro, pero el niño lo ignoró completamente. Peor aún, miró a través de él como si no existiera. El tintorero le ofreció queso, pan, vino. El niño, sin embargo, no demostró ningún interés y no reaccionó hasta que a Vidal se le ocurrió servirle un vaso de agua de una jarra que había sobre la mesa. Lo primero que hizo el niño fue intentar lamer el agua del vaso, pero entonces pareció comprender y se lo llevó a los labios hasta dejarlo vacío. Pidió más. Fascinado como si se tratara de un zorro que se hubiera puesto a dos patas para sentarse con él a la mesa, Vidal siguió llenándole el vaso hasta que el niño estuvo saciado. Finalmente, desnudo y mugriento, el crío se acurrucó sobre las losas que había delante del fuego y se quedó profundamente dormido.

Durante largo rato el tintorero se limitó a contemplar desde una silla a esa súbita aparición que había irrumpido en su vida. Se levantaba de vez en cuando para avivar las llamas o para encender su pipa. No tenía la menor intención de trabajar, no en un día como ese. Solo podía pensar en su medio hermana, Marie-Thérèse, una niña inusualmente pequeña y con un rostro poderosamente expresivo —era capaz de decir con sus gestos más de lo que muchos podían decir con su lengua—. Había sido producto del primer matrimonio de su padre con una mujer que había muerto de fiebre puerperal después de dar a luz a esa hija malograda que nunca terminó de ser aceptada por la madre de Vidal. Era siempre la última en ser alimentada y la primera en recibir una bofetada o un cogotazo cada vez que alguna cosa se torcía, así que la pequeña adquirió el hábito de vagar por ahí a solas, alejada de los otros niños, hasta que una noche no regresó a casa. Vidal tendría ocho o nueve años en ese entonces, así que ella debería de andar por los doce. Hallaron su cuerpo al fondo de un barranco. La gente dijo que seguramente se había extraviado en la oscuridad y había resbalado accidentalmente; pero incluso entonces, a pesar de que era solo un niño, Vidal sabía lo que había ocurrido en realidad.

La vaca Rousa mugió y sacó al tintorero de su ensoñación. ¿Cómo podía haber sido tan descuidado de dejarla allí afuera? Se levantó con presteza, se enfundó el abrigo y salió a buscarla. Cuando regresó, el niño estaba recostado contra la pared del fondo, acurrucado y muerto de miedo, y mirándole como si fuera la primera vez que se veían. Todo estaba manga por hombro, la mesa volcada, las velas tiradas por el suelo y, por si fuera poco, todas las plantas que con tanto esfuerzo había ido agrupando ya no estaban colgadas sobre las vigas sino que se hallaban desparramadas por doquier. Intentó calmar al niño, hablándole con las manos, pero no sirvió de mucho. Cada uno de sus gestos coincidía con un gesto correspondiente del niño, que yacía con la espalda apoyada contra la pared, guardando las distancias, oscilando sobre sus pies y listo para dar el salto hacia la puerta, si hubiera sabido lo que era una puerta, claro está. Y sus mandíbulas… Sus mandíbulas entretanto parecían ocupadas. Pero, ¿con qué? ¿Qué estaba comiendo? ¿Otra patata? Fue entonces cuando el tintorero vio la cola desnuda colgando como un hilo de babas de la comisura de sus labios y los dientes amarillos del chico mascando alrededor del amasijo de pelo pardo.

Si antes había sentido simpatía, si había sentido afinidad y compasión por el muchacho, ahora lo único que el tintorero sentía era repulsión. Vidal era un hombre viejo, llevaba ya cincuenta y cuatro años sobre este mundo, y Marie-

Thérèse llevaba muerta casi medio siglo. Lo del niño no era asunto suyo, en absoluto. Cautelosamente, con todos sus sentidos alerta como si se hallara dentro de una jaula con una bestia rabiosa, retrocedió hacia el umbral, salió de la casa y cerró la puerta.

Esa misma tarde, mientras la lluvia helada aporreaba las calles de Saint-Sernin y azotaba con furia los campos, el niño salvaje fue entregado a la ciencia y, por ende, a la celebridad. Después de hacer rodar una de sus grandes ollas de hierro fundido por el patio a fin de mantener cerrada la puerta, Vidal fue directamente a ver a Jean-Jacques Constans-Saint-Estève, el Comisionado del gobierno para Saint-Sernin, con la intención de informar y ceder a las autoridades la responsabilidad sobre la criatura que había encerrado en su cabaña. El Comisionado, un hombre que conocía el distrito como la palma de su mano, había oído rumores en Lacaune y otros sitios, y estaba ansioso por contemplar ese fenómeno con sus propios ojos. He aquí una oportunidad, razonó —siempre y cuando no se tratara de un espantajo o de algún tipo de simio africano escapado de una colección privada—, para poner a prueba las ideas de Rousseau sobre el Buen Salvaje. ¿Era capaz de albergar conceptos innatos? ¿Tenía noción de Dios y de la Creación? ¿Qué lengua hablaba? ¿Acaso la lengua matriz que diera origen a todas las demás lenguas del mundo, la lengua que los hombres traían consigo desde el Reino de los Cielos? ¿O acaso practicaba el parloteo de las aves y las bestias? Apenas podía contener su emoción. La luz empezaba a escasear y no había cenado todavía, pero la comida no era nada comparada con lo que esta oportunidad le ofrecía. Así que agarró a Vidal por el brazo.

—Llévame a verlo —dijo.

Para el momento en que la audiencia había terminado y los dos hombres salieron a la lluvia urgidos por el Comisionado, este se sorprendió al ver que había alguna gente en la calle que se dirigía al mismo lugar que ellos.

—¿Es cierto, ciudadano Comisionado? —le preguntaban los curiosos—. ¿Han capturado al niño?

—He oído —dijo alguien entre la creciente multitud de hombres, mujeres y niños que chapoteaban bajo la lluvia hacia la cabaña de Vidal—, he oído que tiene seis dedos en cada mano.

—Y en cada pie —intervino otro—. Y que tiene garras como un gato que le sirven para trepar por los muros.

—Es capaz de brincar cincuenta metros de un solo salto.

—Sangre, se alimenta de sangre que le chupa a las ovejas cuando cae la noche.

—Tonterías, eso no son más que tonterías —afirmó una de las mujeres del pueblo, Catherine Thibodeaux, asomando su cabeza encapuchada por encima del hombro del que hablaba—. No es más que un niño abandonado. A ver, ¿dónde está el cura? Que llamen al cura.

Cuando ya estaban a punto de entrar en la parcela, el Comisionado, furioso, se dio la vuelta para hacer callar a la gente.

—¡Atrás! —ordenó—. No quiero que lo asustéis.

Pero la multitud ya estaba frenética de miedo y asombro, y todos empujaban hacia adelante como lo haría un rebaño ansioso por alcanzar los pastos. Todo el mundo se agolpó frente a la puerta, las caras apretándose contra los vidrios de las ventanas. Si no hubiera sido por la olla que obstruía la entrada, seguramente habrían irrumpido en la cabaña sin pensarlo. Ahora dudaban, las voces reducidas a murmullos, mientras Vidal y el Comisionado apartaban la olla y entraban en la casa cerrando la puerta tras ellos. El niño seguía allí, acurrucado delante del fuego, no muy distinto de como Vidal lo había dejado, aunque en ese momento no parecía estar masticando nada. Afortunadamente. Lo que resultaba extraño, sin embargo, era que no hubiera levantado la vista, aunque sin duda habría notado la presencia de extraños en el cuarto, e incluso se habría apercibido de los rostros incrédulos que se agolpaban en las ventanas.

El Comisionado estaba perplejo. Ese niño —esa cosa, más bien— estaba allí delante de ellos, asustado, encorvado, mugriento, despidiendo un hedor más potente que el de una cuadra, tan salvaje y desamparado como la primera criatura creada por Dios a su imagen y semejanza, el Adán a quien se le concedió el dominio sobre el resto de animales y la capacidad de ponerles nombre. Pero aquello era un animal, una especie de simio, el tipo de criatura degradada a la que debió de referirse Lineo cuando colocó a los hombres y a los monos en el mismo nivel de su escala natural. Y por si había alguna duda de aquello, ahí estaba el rulo de boñiga fresca, reluciente sobre las tablas sin pulir del suelo.

El fuego siseaba, chasqueaba. Había un murmullo entre la gente agolpada frente a la ventana.

—¡Por Dios! —exclamó el Comisionado conteniendo el aliento. Entonces se dirigió al tintorero y le hizo la única pregunta que era capaz de formular en aquel momento—: ¿Es peligroso?

Vidal, cuya casa estaba tan patas arriba que se sentía avergonzado frente al Comisionado, se limitó a gruñir.

—No es más que un niño, Ciudadano Comisionado, un pobre niño abandonado, un niño de carne y hueso como cualquier otro. Solo que carece de educación. No sabe lo que son las gachas, no sabe lo que es un plato, un vaso, una cuchara, no sabe qué hacer con ellos.

Constans-Saint-Estève tenía poco más de cuarenta años por aquel entonces, y vestía como se usaba en París antes de la Revolución. Tenía un rostro rollizo y los labios protuberantes de un epiceno. Con la espalda todavía apoyada contra la puerta y los ojos clavados en el niño susurró:

—¿Sabe hablar?

—Solo chillidos. Es posible… creo que es sordomudo.

Sobreponiéndose a la impresión inicial, el Comisionado atravesó el cuarto y se quedó de pie junto al chico durante un instante, murmurando adulaciones. Su curiosidad científica se había avivado nuevamente. Aquella era, sin duda, una oportunidad única. Una ocasión prodigiosa.

—Hola —dijo por fin, arrodillándose para hacer coincidir su rostro con el campo de visión del niño—. Me llamo Jean-Jacques Constans-Saint-Estève, Comisionado de Saint-Sernin. Y tú, ¿quién eres? ¿Cómo te llamas?

El niño lo ignoró, como si se tratara de un ser insustancial.
—¿Tienes nombre?
Nada.
—¿Me comprendes? ¿Hablas francés? ¿O quizás otra lengua?

A juzgar por la coloración de la piel del niño, bien podría haber sido vasco, español, italiano. El Comisionado intentó saludarlo en las lenguas de estas regiones y a continuación, frustrado, aplaudió con todas sus fuerzas frente a las narices del niño. No se produjo ningún tipo de reacción. El Comisionado miró primero a Vidal y luego a los pálidos frutos de los rostros que seguían en la ventana como pendiendo de una rama.

—*Sourd-muet* —anunció por fin.

Fue entonces cuando los lugareños no pudieron contener más su curiosidad y empezaron a entrar a la cabaña, uno por uno, hasta que en el lugar ya no cabía ni un alfiler. Todos pisoteaban las hojas secas y las raíces esparcidas por el suelo, y examinaban cada objeto, tratando, pensó Vidal, de descubrir sus métodos y sus recetas secretas, cosa que lo ponía en extremo nervioso y suspicaz. En ese momento el niño pareció volver súbitamente a la vida y se lanzó hacia la puerta abierta. Se oyó un grito y la gente dio un salto atrás como si se hallara frente a un perro rabioso; en un santiamén el niño había conseguido salir de la casa, bajo el aguacero, galopando a cuatro patas hacia la barrera de árboles situada al final del campo. Y lo habría conseguido, habría vuelto a la naturaleza, de no haber sido por dos de los hombres más fuertes del pueblo, jóvenes veinteañeros y grandes corredores, que lograron reducirlo y llevarlo otra vez ante la puerta de la cabaña del tintorero. El niño se retorcía intentando librarse de la presión, produciendo un sonido repetitivo que vibraba desde su garganta —*uh, uh, uh, uh*— y lanzando dentelladas a diestra y siniestra.

Era noche cerrada ya, y el interior de la cabaña estaba apenas iluminado por la luz del fuego y una vela solitaria. El Comisionado se quedó allí de pie, en el umbral, mirando al niño por unos instantes y luego comenzó a acariciarle el rostro, apartándole el pelo de la frente y de los ojos para que todos pudieran ver que se trataba de un ser humano y no de un perro, o un simio, o un demonio. Las caricias surtieron el mismo efecto que en cualquier otra criatura sensible: la respiración del muchacho se apaciguó y su mirada se perdió en el vacío.

—De acuerdo —dijo el Comisionado—, soltadlo.

Los hombres obedecieron antes de dar un paso atrás. Por unos momentos el niño se quedó tirado ante el umbral, su cuerpo resplandeciente por la humedad y el barro, las extremidades tan delgadas como el jarrete de una vaca. Luego agarró la mano que el Comisionado le tendía y se incorporó silenciosamente.

Fue como si un interruptor se hubiera apagado en los aparatos internos del *enfant*. Dócilmente, de la mano del Comisionado, como cualquier niño de camino a la iglesia, el chico avanzó a la cabeza de la solemne procesión. Por el camino, con la lluvia todavía cayendo con fuerza y las calles hechas una sopa de barro, la gente intentaba acercarse para tocar al niño; algunos advertían a gritos que solo se alimentaba de nueces y raíces del bosque y se preguntaban qué comería ahora, ¿una *blanquette de veau?* ¿*Boeuf bourguignon?* ¿*Langouste?* El Comisionado no se molestó en aventurar una respuesta, pero estaba decidido a probar por su cuenta. Primero le buscaría algo de ropa, luego le ofrecería un surtido de alimentos para ver cuál prefería, y en el proceso intentaría averiguar algo sobre este prodigio que beneficiara a la sociedad y fuera de alguna ayuda para la comprensión de la humanidad entera.

Al llegar a casa cerró la puerta tras él, intentando asegurarse de que nadie lo siguiera, y le pidió al sirviente que le procurara algo de vestido. A continuación, mientras encargaba su propia comida, instaló al niño en el cuarto que usaba como estudio y despacho. El niño marchó directamente a calentarse junto a la chimenea. En el cuarto había varias sillas, un escritorio, estanterías con diversos volúmenes sobre leyes, historia natural y filosofía, los papeles del Comisionado, un globo terráqueo y una jaula de hierro forjado. Dentro de la jaula había un loro gris que su difunto padre le había traído de un viaje a Gambia, treinta años atrás; se llamaba Philomène y era una hembra capaz de pedir con tono penetrante uvas, bayas y nueces, hacer comentarios sobre el clima y el grado de ebriedad de los invitados a la cena, y silbar los primeros compases de la Sonata para Piano en La menor de Mozart. Emocionado por la posibilidad de examinar al chico a sus anchas, el Comisionado salió del cuarto el tiempo suficiente para intentar tranquilizar a su esposa y pedir a los criados que le trajeran una gran variedad de comestibles; al regresar al estudio, el rostro del niño estaba encajado entre los barrotes de la jaula mientras Philomène intentaba en vano deleitarlo con su Mozart.

El Comisionado tomó al niño suavemente de la mano y lo condujo hasta el escritorio, donde un sirviente había puesto una selección de alimentos, crudos y cocidos. Había carne, pan de centeno y de avena, manzanas, peras, uvas, nueces, castañas, bellotas, patatas, chirivías y una naranja solitaria. De entre todas estas cosas, el niño solo pareció reconocer las bellotas y unas patatas que no tardó en arrojar al fuego. Acto seguido se dispuso a triturar las bellotas entre los dientes para chuparles la pulpa. Devoró las patatas casi al instante, a pesar de que ardían como carbones; el pan, en cambio, no le interesó lo más mínimo. Una vez más, durante las siguientes horas, el Comisionado intentó pacientemente hablar con él, primero en voz alta y luego a través de la mímica, pero no hubo manera de que respondiera; no parecía tener más conciencia que un gato o un perro. Y ningún ruido, ni siquiera el golpe de un tambor, parecía afectarle. Finalmente, tras asegurarse de que las ventanas estaban bien cerradas y las puertas con el pestillo echado, el Comisionado dejó al niño a solas en el cuarto, sopló las velas y se fue a la cama. Su esposa lo reprendió. ¿En qué estaba pensando al traerse a ese salvaje a casa? ¿Y si se levantaba en plena noche y los asesinaba a todos? Sus hijos, Guillaume y Gérard, de cuatro y seis años respectivamente, estaban tan aterrorizados que anunciaron que no dormirían en sus camas, así que el Comisionado se vio obligado a compartir la suya con ellos.

Por la mañana se acercó al estudio de puntillas, aunque sabía que la precaución era innecesaria pues, casi con toda seguridad, el niño era sordo. Levantó el pestillo y se asomó al interior del cuarto sin saber lo que encontraría. Lo primero que vio fue la ropa del niño, un camisón de tela gris que le habían puesto contra su voluntad la noche anterior, sobre la alfombra, en el centro del cuarto, al lado de una reluciente espiral de excrementos. A continuación vio al niño, de pie en la esquina del fondo, mirando hacia el muro, meciéndose hacia adelante y hacia atrás y gimiendo como si estuviera malherido. Entonces el Comisionado descubrió varios de sus volúmenes de la *Histoire naturelle, générale et particulière* de Buffon despanzurrados en el suelo, las hojas esparcidas aquí y allá. Y después vio a Philomène. O más bien lo que quedaba de ella.

Esa misma tarde el niño salvaje fue enviado al orfanato de Saint-Affrique.

4

Fue transportado a Saint-Affrique en un carruaje cuyas sacudidas le provocaron un tremendo malestar. Hasta cuatro veces vomitó en el suelo del carruaje, y el sirviente que Constans-Saint-Estève había enviado para acompañar al chico no hizo nada para aliviar su sufrimiento, aparte de intentar secar la mugre con un trapo. El chico iba vestido con el camisón gris, que le habían anudado con fuerza en el cuello para prevenir que se lo quitara, no tenía calzado y llevaba consigo un pequeño zurrón con algunas patatas y nabos. Los caballos parecían aterrarlo. Se pasó todo el camino balanceándose en el asiento y gimiendo. Al llegar al orfanato intentó huir al bosque corriendo a cuatro patas y lanzando chillidos como un roedor, pero su guardián estuvo presto a retenerlo.

Dentro de los muros quedó claro que no se trataba de un niño como los demás. El director del orfanato, el ciudadano R. Nougairoles, observó que no tenía noción alguna de cómo sentarse a la mesa o hacer sus necesidades en la bacinilla o en la letrina. Notó también que se rasgaba la ropa, como si el mero roce de la tela le abrasara la piel, y que rehusaba dormir en la cama que se le había asignado y prefería por tanto acurrucarse sobre una viga o hacerse un ovillo en un rincón del dormitorio. Cuando se sentía amenazado no dudaba en usar sus dientes. Los otros niños, al principio curiosos, pronto aprendieron a mantenerlo a distancia. Aun así, en el corto periodo que permaneció allí —apenas dos semanas— adquirió la suficiente cultura como para apreciar la comodidad que brindaba el fuego en un día de frío, y su dieta se amplió hasta incluir en ella la sopa de guisantes con mendrugos de pan negro. Por otro lado, no mostró el más mínimo interés por los otros huérfanos (o para el caso, por cualquier otra persona, a menos que esta estuviera en posesión de algo que le apeteciera comer). A juzgar por sus respuestas, excepto cuando se le acercaban demasiado, claro, era como si se hallara en presencia de árboles. Además, carecía por completo del concepto de la diversión o del trabajo. Cuando no estaba comiendo o durmiendo, se arrodillaba y empezaba a balancearse y a vocalizar de un modo inarticulado y extraño, pero siempre parecía a la espera de una oportunidad para escapar, y en dos ocasiones tuvo que ser perseguido y reducido por la fuerza. Finalmente, y esto fue algo que Nougairoles encontró en extremo perturbador, no mostraba ninguna familiaridad con las formas y objetos sagrados. El director concluyó que no se trataba de ninguna imitación sino del auténtico, del mismísimo *Homo Ferus* de Lineo, así que el orfanato poco podría hacer para contenerlo.

Entretanto, Nougairoles y Constans-Saint-Estève redactaron sus observaciones sobre el niño y las publicaron en el *Journal des débats*. De allí la noticia pasó al dominio de otras publicaciones periódicas parisinas. Pronto la nación entera estaba ávida de recibir más y más noticias sobre este prodigio de Aveyron, el niño salvaje, la bestia dotada de apariencia humana. La especulación se extendió por las calles y sus ecos comenzaron a resonar en cada esquina. ¿Se trataba del Buen Salvaje del que hablaba Rousseau, o era tan solo un aborigen más? O quizás —y he aquí una conjetura emocionante— podría ser el *loup-garou* en persona, el lobizón, el legendario animal. O tal vez estuviese más emparentado con el orangután, ese enorme gorila anaranjado del Lejano Oriente que, como llegó a proponerse en alguna ocasión, quizás convendría que fuese obligado a copular con una prostituta para así conocer su descendencia. Dos prominentes naturalistas, el abad Roche-Ambroise Sicard, del Instituto de Sordomudos de París, y el abad Pierre-Joseph Bonnaterre, profesor de historia natural en la Escuela Central de Aveyron, con sede en Rodez, manifestaron su pretensión de hacerse con la custodia del niño para poder así observar y registrar su comportamiento antes de que estuviera demasiado contaminado por su contacto con la sociedad. Bonnaterre, que estaba más a mano, ganó la custodia, al menos en primera instancia, así que fue él quien se encargó personalmente de transferir al niño desde Saint-Affrique hasta su escuela en Rodez. Para el niño, apabullado y ansioso por librarse de una vez de todo aquello, significó otro viaje en coche, otro encuentro con los caballos, otro rostro desconocido. Vomitó en el suelo y luego se aferró a su zurrón de nabos y patatas, y no le quitó los ojos de encima en ningún momento.

Durante los largos meses que siguieron, al menos hasta que el Ministerio del Interior no falló a favor de Sicard, Bonnaterre tuvo al niño para él solo. Le encargó a un sirviente que se ocupara de las necesidades corporales del chico, y luego puso en marcha varios experimentos para medir sus reacciones y acumular datos. Dado que todos dieron por hecho que el niño era sordo, el contacto con él se había reducido hasta entonces a la mímica, pero Bonnaterre puso a disposición del niño algunos instrumentos musicales, desde el triángulo hasta el tambor pasando por la viola, e hizo que este los tocara sucesivamente como mejor pudiera. Al otro lado de las ventanas hacía un día de invierno luminoso y despejado. El sirviente de Bonnaterre —el jardinero, el único con quien el niño parecía relacionarse mínimamente, tal vez por el olor a tierra que lo envolvía— se hallaba en el umbral para evitar que el niño se escapara y para corregirlo en caso de que montara una escena (el chico estaba más allá de cualquier noción del pudor y solía, por ejemplo, levantarse la bata hasta la altura del pecho para calentarse delante del fuego y jugar con su pene como si este fuera un soldadito de juguete).

En cualquier caso, Bonnaterre —un hombre adusto e impositivo, con un rostro que enrojecía como un jamón bajo los rizos blancos de su peluca— insistió durante un tiempo, tocando el tambor, pasando el arco por las cuerdas de la viola, aplaudiendo, gritando y cantando, hasta que el jardinero empezó a sospechar que había perdido la cabeza. El niño no reaccionó en ningún momento. Jamás hizo un guiño ni sonrió ni movió la cabeza en respuesta a este o aquel sonido estridente. Entonces el jardinero, aburrido y ocioso, se acercó a una fuente que había sobre un aparador, al fondo del salón, fuera de la vista del niño, agarró una nuez y la rompió con el cascanueces. El ruido, apenas discernible en medio del estruendo general fomentado por el amo, hizo que el niño volviera la cabeza. Fue como un milagro. Un instante después, el niño ya se hallaba junto al jardinero, mordisqueando las nueces; luego se subió al aparador y comenzó a machacar las cáscaras contra la reluciente superficie de caoba usando lo que tenía más a mano, que era un candelabro de plata.

Pese a los daños provocados en el mueble, Bonnaterre estaba de lo más animado. Resultaba que el niño no era sordo, ni mucho menos. Sus sentidos estaban tan sintonizados con los ruidos de la naturaleza que cualquier sonido proveniente de la actividad humana, no importa cuán estridente o articulado fuera, lo dejaba indiferente: en territorio salvaje no había voces, ni tampoco violas. En su vagabundeo cotidiano bajo los árboles, en una búsqueda incesante de alimentos, el niño solo prestaba oídos a la caída de la manzana o la castaña, al chillido de la ardilla o quizás incluso, en un extremo prodigioso, a las sutiles vibraciones producidas por el caracol en sus desplazamientos sobre su sendero de baba. Pero si la búsqueda de alimento era el único interés en la vida salvaje del niño, ¿cómo reaccionaría ahora que la comida abundaba y solo tenía que pedirla? ¿Empezaría a desarrollar algún tipo de vida interior, una vida dotada de propósitos racionales, en lugar de limitarse exclusivamente a desear los objetos exteriores?

Bonnaterre evaluaba estas cuestiones mientras observaba al niño día tras día, y era testigo de cómo este iba aprendiendo a utilizar signos rudimentarios para expresar sus deseos —cómo señalaba la jarra de agua cuando tenía sed, por ejemplo, o cómo agarraba a su cuidador de la mano y lo llevaba a la cocina donde señalaba este o aquel objeto cuando tenía hambre—. Si no recibía una gratificación inmediata se agachaba, desplazándose velozmente a cuatro patas y arrastrando sus posaderas por todo el suelo recién encerado, a la vez que emitía una serie de aullidos guturales que oscilaban sin concierto de los agudos a los graves sin ningún orden aparente.

Cuando le daban lo que quería —patatas, o nueces o habas cuyas cáscaras pelaba con gran destreza y velocidad— comía hasta que parecía a punto de reventar. Consumía de una sola sentada lo mismo que cinco niños, y luego acumulaba las sobras en su camisón y corría a refugiarse en el patio, donde lo enterraba todo en algún sitio donde pudiera encontrarlo en el futuro, tal como haría un perro con su hueso. Asimismo, cuando le servían la comida con otros niños, no mostraba ninguna noción de cortesía o aseo, sino que agarraba todo lo que podía, con gesto sagaz o furtivo, sin preocuparse por sus compañeros de mesa. Durante la tercera semana empezó a aceptar la carne cuando se la ofrecían, al principio cruda y más tarde cocida, y poco después se aficionó a las patatas fritas —cuando tenía ganas iba a la cocina, agarraba el cuchillo, la cacerola, y señalaba la alacena donde se guardaban las patatas y el aceite—. Era la suya una vida rudimentaria, centrada en una sola cosa, la comida, y Bonnaterre pudo reconocer en ella los orígenes de la humanidad incivilizada, sin contacto alguno con la cultura, con la conciencia y la sensibilidad humanas. «¿Cómo iba a conocer la existencia de Dios?», escribió Bonnaterre. «Ya podéis enseñarle los cielos, los verdes campos, la inmensidad de la tierra, las obras de la Naturaleza, que él no verá en ellas otra cosa que comida.»

Por su parte, el chico empezó a adaptarse gradualmente a su nuevo entorno. Su alimento ya no provenía de lo hallado en un agujero en la tierra o de una carroña encontrada por azar, o de la caza de algo que se desplazara más lentamente que él, sino de la generosidad de esos animales que lo habían capturado, extraños animales de toscos morros y semblantes, con su blanco y extraño pelaje y esa segunda piel, suave y sin pelos, que acostumbraba a revestir sus piernas. En una ocasión se hallaba en compañía del animal que solía estar al mando, aquel con el que todos los demás se mostraban tan deferentes, y siguiendo un impulso le arrancó el pelaje, esa blancura, ese brillo. Y quedó admirado al ver que aquella cosa se había desprendido de la cabeza del hombre y ahora colgaba de sus propios dedos. El hombre —el rostro enrojecido de ira, las venas como gusanos que se retorcían en su pescuezo— saltó de su silla entre gritos e intentó recuperar su peluca, pero el niño era demasiado rápido y ya corría por todo el salón dando brincos, y pegando alaridos con aquella cosa en la mano, ese pellejo con olor a almizcle del que se desprendía esa sustancia blanca y delicada que le daba su color. Sin dejar de farfullar, el hombre lo persiguió por todo el salón así que, ya aterrorizado, el niño corrió hasta dar con una especie de roca transparente por la que se veía lo que había afuera, en el patio. Era un cristal, pero el niño no tenía modo de saberlo, aunque era un componente esencial de los muros que lo aprisionaban. El hombre dio un grito y el chico intentó huir. Y entonces la roca transparente se rompió, y con sus afilados colmillos le arreó un mordisco de lo más doloroso en el antebrazo.

Le pusieron una venda de tela en la herida, pero el niño usó sus propios dientes para rasgarla. Conocía la sangre y el dolor y sabía cómo evitar las zarzas, los panales de avispas, la afilada piedra de los riscos que se le clavaba en las plantas de los pies y le cortaba los tobillos con una ferocidad incontenible. Pero esto era diferente, era algo nuevo: el cristal. Por primera vez sufría una herida provocada por el vidrio. Aquello lo dejó anonadado, así que tomó un trozo del cristal cuando nadie lo miraba y se lo pasó por el dedo hasta que el dolor volvió y la sangre brotó de nuevo. Ejerció presión sobre el corte en la piel para ver el brillo que manaba, vívido y doloroso. Esa noche, justo antes de la cena, agarró la mano del otro hombre, el que olía a abono y moho, para que lo llevara al patio. En cuanto la puerta se abrió, el niño corrió hasta el muro y se subió a la tapia en dos saltos desesperados antes de saltar al otro lado y correr y correr.

Lo atraparon de nuevo en el linde del bosque. Y aunque él se defendió con uñas y dientes, ellos eran más grandes, más fuertes, y se lo llevaron como lo habían hecho hasta ahora otras veces y como lo harían siempre, pues la libertad se había terminado para él. Ahora se había convertido en una criatura encerrada tras gruesos muros, en un esclavo de la comida que le era asignada. No obstante, esa noche no le dieron nada, ni comida ni agua, y lo encerraron en el lugar donde se había acostumbrado ya a dormir. Pero no era sueño lo que tenía esa noche, sino hambre. Deseaba comer a toda costa. Masticó una rendija de la puerta hasta que le sangraron los labios y las encías se le inflamaron entre dolores terribles. Había dejado de ser un salvaje.

Cuando el Ministerio del Interior intervino a favor de Sicard y dio orden de trasladar al niño a la Ciudad Luz, se lo llevaron finalmente a París. Así, el niño viajó por campos desconocidos junto a Bonnaterre y el jardinero que había hecho las veces de cuidador durante su estancia en Rodez. Al principio se negó a entrar en el carruaje —en cuanto fue conducido más allá de la entrada y lo vio allí estacionado junto a los tres enormes y apestosos caballos de tiro, con sus majestuosas patas y sus ojos penetrantes, el muchacho intentó escapar—, pero Bonnaterre, que había previsto la situación, puso una cornucopia con patatas, nabos y pequeñas hogazas de pan duro sobre el asiento, y la debilidad que el niño sentía por estas viandas le hizo trepar como un rayo por la escalerilla y refugiarse en el interior del coche.

Como precaución, Bonnaterre le había pedido al jardinero que atara la cintura del niño con una simple cuerda, que sería sujetada del otro extremo por la mano del abad cuando, en las paradas obligadas del coche público, resultara necesario retener al extraño pasajero. ¿Acaso había que atarlo con una correa, como se hacía con los perros? Era una pregunta interesante, una pregunta con profundas implicaciones filosóficas y humanitarias. Ciertamente, Bonnaterre y el jardinero se negaban a considerar la cuerda como una correa para perros, así que, cada vez que el niño se balanceaba en el asiento o vomitaba en el suelo, el abad tiraba de ella con un ligerísimo movimiento. Más tarde, cuando el coche entero dio un repentino tirón sobre sus muelles, el jardinero se encogió, y Bonnaterre miró hacia adelante. Una imponente y pálida dama y su criada se disponían a abordar el coche en un pueblo de mercaderes, por lo que el abad les salió al paso para asegurarles que no correrían ningún riesgo y que la correa era exclusivamente para la seguridad del propio niño.

Sin embargo, esa misma tarde, cuando se detuvieron a descansar en una posada del camino, el niño (que había crecido y ganado peso, y que ya era prácticamente un jovencito) se las ingenió para montar una escena. Mientras el cochero sujetaba la puerta para que la dama bajara del carruaje, el chico tiró con tanta fuerza y tan de repente que la correa se le escapó de la mano al abad. Al instante, escurriéndose bajo las faldas de la mujer, logró saltar del coche y huir como una bala por el camino. Se movía con su curioso y torcido galope, haciendo arrastrar la correa tras de sí. Bonnaterre y su sirviente intentaron bajar del coche a toda prisa para dar caza al niño, mientras el cochero luchaba por hacerse con las riendas, pero fue entonces cuando, convencida de que el niño la estaba atacando, la dama soltó un chillido que espantó a los caballos. Como era de suponer, el abad no estaba en condiciones de seguir las carreras del niño por el horadado suelo de aquel sendero campestre, y no había recorrido ni diez metros cuando cayó doblado y sin aliento.

Esta vez, sin embargo, y para alivio de todos, el niño no parecía querer escapar. Se detuvo por voluntad propia a no más de cien metros, delante de una acequia de agua estancada que había junto al camino. Antes de que nadie pudiera impedírselo, el niño se arrojó al suelo y empezó a beber. La superficie del agua estaba teñida de lentejas de agua, de algas y desechos. Los mosquitos se posaron sobre sus miembros desnudos. Tenía toda la ropa manchada de estiércol. Bonnaterre y el jardinero se acercaron para reprenderlo, pero el niño no les prestó atención. Tenía sed, y por tanto bebía. Cuando terminó se levantó del suelo, defecó allí mismo (otra curiosidad: defecaba de pie, y para orinar se ponía de cuclillas), tras lo cual se limpió en los bajos del camisón sin pensárselo dos veces. Por si todo aquello hubiera sido poco, a continuación se lanzó a capturar algo que había visto entre los juncos, y se lo llevó a la boca antes de que los demás pudieran intervenir. Resultó ser una rana, que ya estaba convertida en pulpa cuando el jardinero consiguió abrirle las mandíbulas.

Culminada la escena, caminó tranquilamente hasta la posada y se acomodó en el rincón del cuarto que habían acondicionado para él, balbuceando y chasqueando la lengua sobre su saco de raíces y tubérculos, al parecer muy contento y sin ganas de tratar con nadie. Los vecinos del pueblo, sin embargo, no tardaron en conocer la noticia de su llegada, y dieron en atestar la posada durante toda la noche para intentar siquiera poner un ojo sobre la criatura. La multitud daba gritos en la entrada y se apretujaba en los salones; los perros aullaban y en todo el vecindario cundía el alboroto. El niño se acurrucó en su rincón, con la cara contra el muro, pero el furor pueblerino continuó hasta bien entrada la noche. Y, por supuesto, cuanto más se iban acercando a la capital, donde la influencia de los periódicos era más poderosa, mayor y más insistente resultaba la multitud. A pesar de sus buenas intenciones, a pesar de la estricta orden del Ministerio del Interior de que hicieran llegar al niño a París sano y salvo y sin percances, Bonnaterre no pudo evitar tener que hacer varias paradas por el camino, y complacer a la gente, dejándoles echar aunque fuera un breve vistazo a aquel prodigio. Y no. En ningún momento se sintió como un vocero del circo o como un tragasables gitano. Él era un científico y le mostraba al mundo su objeto de estudio. Si el orgullo de su posesión le podía otorgar un aura interna de privilegio y autoridad, pues perfecto, que así fuera.

Puede que fuera por el contacto con toda esa gente, por el frío de la noche o por los miasmas que medraban en las acequias del camino donde le gustaba beber, el caso es que el niño enfermó de viruela por el camino, y tuvo que ser confinado en el cuarto trasero de una posada durante diez días mientras el cuerpo se le llenaba de granos, alternando entre el escalofrío y el ardor de la fiebre. Se trajeron sábanas limpias, y el médico local fue consultado. Se habló de una purga y de extracción de sangre, y a Bonnaterre le entró un ataque de pánico. Era su propia cabeza la que estaba en juego. Tal vez literalmente. El Ministro del Interior, Lucien Bonaparte, hermano de Napoleón, era un hombre riguroso, y presentar ante él el cadáver del niño salvaje habría sido como entregarle el pellejo de alguna extraña criatura de la jungla africana, sin rastro de sus características anatómicas ni de su intenso colorido. El abad se arrodilló ante el bulto que tenía ante él y que se retorcía sudoroso y se puso a rezar.

Sin ser muy consciente de si soñaba o no, el niño vio cómo los muros se desvanecían y el techo se esfumaba para mostrarle las estrellas y la luna, y entonces se descubrió a sí mismo rodando por un prado a medida que el viento del Sur agitaba cada árbol hasta doblarlo como una hoja de hierba, y él se reía a carcajadas y corría, corría. Pudo ver también el pasado. Tuvo ante sus ojos los lugares donde se había atiborrado de bayas. Vio los viñedos y las uvas, y el sótano donde un granjero almacenaba sus patatas recién sacadas de la tierra. Luego había unos chicos, los chicos del pueblo, esos animales veloces y traviesos que lo perseguían por el bosque, despellejándolo con palos y piedras y sus afilados gritos, y luego vio a los hombres y vio el fuego y el humo. Y ese cuarto, donde los muros volvían a levantarse y el techo obstruía nuevamente su visión del cielo. Sintió hambre. Y sed. Se sentó y tiró al suelo las sábanas.

Tres días después ya estaba en París, aunque él no fuera consciente de aquello fuera París. Solo era consciente de lo que veía, lo que escuchaba y lo que olía. Vio confusión, escuchó el caos, y lo que olía era más fétido que cualquier otra cosa que hubiera olido en todos sus años de vagabundeo por el campo y los bosques de Aveyron. Un hedor concentrado, penetrante: el olor de la civilización.

5

El Instituto de Sordomudos se extendía por un amplio terreno al otro lado del boulevard Saint-Michel, frente a los Jardines de Luxemburgo. Anteriormente había sido un seminario católico que el gobierno revolucionario le había cedido al abate Sicard para la educación y estudio de los sordos y los mudos. Empleando un método de enseñanza basado en el lenguaje de signos heredado de De l'Epée, su predecesor, Sicard se había hecho famoso por los asombrosos avances conseguidos en muchos de sus pupilos, casos imposibles que, tras haberse transformado en ciudadanos productivos gracias a sus cuidados, no solo eran capaces de expresar sus necesidades y deseos con perfecta claridad, sino incluso de disertar sobre diversos asuntos filosóficos. Uno de ellos era un astuto joven llamado Massieu, que se había convertido en blanco de todas las miradas durante las diversas demostraciones públicas que se realizaban para mostrar la habilidad de los pupilos de Sicard a la hora de hablar y escribir. A lo largo de esas exhibiciones, los alumnos respondían a las preguntas que el público les hacía por escrito haciendo uso de unas tarjetas. Massieu llegó a hablar en varias ocasiones ante un público instruido, y lo hizo siempre con confianza y dignidad, y con un acento no mucho peor que el de un extranjero culto. Y, lo que es aún más asombroso, este joven, que cuando llegó al instituto era más mudo que una lápida, fue capaz de cenar en compañía de otras personas a las que entretuvo con sus originales *bon mots*, definiendo memorablemente la gratitud como la *mémoire du coeur*, y haciendo una distinción entre el deseo y la esperanza al declarar que «el deseo es un árbol con muchas hojas; la esperanza, un árbol florecido; la felicidad, un árbol con frutos». Así pues, cuando el niño salvaje quedó al cuidado de Sicard, la ciudad entera aguardó los resultados, el milagro que tendría lugar en cuanto el niño adquiriera el lenguaje y el don de la civilización. Se esperaba que, un día, también él se presentara ante un público fervoroso para darle forma a los pensamientos y emociones que había experimentado mientras era un animal.

Por desgracia, las cosas ocurrirían de otro modo.

Después de la excitación inicial, una vez que la muchedumbre se hubo disuelto y la mitad del *haut monde* parisino hubo ascendido ya en tromba por las escaleras del Instituto para observar al niño meciéndose en un rincón de su cuarto de la quinta planta, tras haber sido presentado en los despachos del Ministro del Interior para una entrevista privada (durante la cual permaneció acurrucado en una esquina con la mirada perdida, antes de levantarse y hacer sus necesidades encima mismo de la alfombra), cuando los periódicos terminaron de registrar todos sus movimientos y los ciudadanos comunes se cansaron de reunirse en las esquinas para discutir sobre su huidiza humanidad, el niño salvaje fue relegado al olvido. Sicard, más preocupado por sus pupilos más tratables, por su libro sobre la educación de los sordomudos y sus deberes como fundador de la Sociedad de Observadores del Hombre, examinó al niño en el transcurso de varios días, y finalmente lo declaró un idiota incurable. No estaba dispuesto a jugarse su reputación con una criatura que no reconocía ningún signo humano, y que carecía del sentido común o incluso de la higiene de un vulgar gato doméstico. El niño, pues, fue abandonado nuevamente, aunque esta vez dentro de los muros de la institución, donde no había nadie que cuidara de él y donde los otros niños empezaron a acostumbrarse a perseguirlo, a burlarse de él y a atormentarlo.

El niño se escabullía por los corredores y los patios, oculto entre las sombras como si temiera a la luz. Siempre que escuchaba el clamor de los estudiantes sordomudos desde el rellano de la escalera, corría en la dirección contraria, subiendo a toda prisa cuando los otros estaban abajo y bajando cuando ellos se hallaban arriba. Afuera, en el patio, solía mantener la espalda recostada contra la piedra sin pulir de los edificios, atento y temeroso, y cuando los chicos salían de clase él corría a trepar hasta lo más alto del árbol más cercano. Sus intentos de fuga se vieron frustrados, no solo por el hecho de que el guardián lo encerraba por las noches bajo llave, sino por la evidente presencia de los muros que delimitaban el recinto del instituto. Lo cierto es que habría podido escalarlos con su eficiente estilo de ardilla, pero lo que había del otro lado era París, y ahora el niño salvaje era un prisionero más de la ciudad.

Su único aliciente era la privacidad de su cuarto, y hasta eso se le negaba a menudo, pues los miembros de la comunidad científica acostumbraban a acecharlo por todos y cada uno de los corredores del instituto. Un filósofo o un naturalista tras otro, que le daban golpecitos en la cabeza delante de la puerta y que lo seguían por los salones cuando trotaba con su paso torcido y estrafalario, o cuando se subía a las ramas de un árbol para escapar del acoso de la gente; gente que lo rodeaba, justo a él, a quien tanto le gustaba estar a solas. Tomaba su comida en privado, encerrado en su cuarto, y lo que le sobraba lo escondía en un rincón. Cuando se empapaba en medio de una tormenta o en el estanque ornamental donde los otros niños se divertían acorralándolo, tenía el desconcertante hábito de secarse a continuación con las cenizas del hogar, de modo que a veces parecía un demonio que se hubiera entregado a la tarea de recorrer los salones en pena. Sacaba la paja del colchón, se negaba a bañarse, y defecaba justo al lado de la bacinilla como en un gesto de provocación. En dos ocasiones, en sus forcejeos con Monsieur Guérin, el viejo encargado de limpiar los pabellones, el niño lo mordió hasta herirlo seriamente. Sicard y todo el personal lo consideraban un caso perdido. Incluso se habló de enviarlo a

Bicêtre, donde lo encerrarían junto a los retardados y los lunáticos; y así se habría hecho si aquello no hubiera afectado la imagen de Sicard, quien, después de todo, había insistido en llevar el niño a París. Hacia el otoño de 1800, la situación atravesaba un *impasse*.

Fue justo entonces cuando un doctor recién trasladado del hospital de Val-de-Grâce llegó al instituto para trabajar como jefe de médicos. Se llamaba Jean-Marc Gaspard Itard, tenía veinticinco años y había estudiado en Marsella antes de hacer su internado en París. Le asignaron un apartamento en el edificio principal y un salario modesto, demasiado modesto, quizás, que ascendía a sesenta y seis francos al año. La primera vez que vio al niño salvaje fue después de tener que vendarle el antebrazo a una de las estudiantes por una mordedura; pronto supo que el responsable del ataque seguía trepado en la copa pelada del viejo olmo que dominaba el patio de la institución, y que se negaba a bajar del mismo. Por supuesto, Itard conocía los rumores que corrían sobre el niño. Todo el mundo en París los conocía, y Sicard había mencionado su caso como una especie de experimento fallido. Pero entonces Itard, enfadado y azorado, decidió exponerse al viento desnudo que barría el patio, y se preparó para enfrentarse al niño.

Los pabellones estaban desiertos. La luz se apagaba poco a poco en el cielo. El frío se había adueñado de la ciudad, y los charcos se congelaban en las calles. Los ciudadanos iban envueltos en sus abrigos y sus bufandas, y su aliento se convertía en vapor alrededor de sus cabezas. Por culpa de las prisas, Itard olvidó su abrigo —llevaba tan solo una chaqueta— y casi de inmediato el frío se le coló entre los huesos. Aceleró el paso y caminó sobre la hierba escarchada en dirección al olmo, cuya silueta oscura se recortaba contra las sutiles vetas rojas del cielo. Al principio no vio nada entre el laberinto de ramas oscuras que se agitaban acompasadamente a merced del viento, pero pronto hubo un revoloteo de alas, una paloma defecó desde el árbol, y allí estaba el niño: un resplandor blanquecido colgado de las ramas más elevadas, como un hongo. El doctor se acercó con los ojos fijos en la copa del árbol, hasta que tropezó con algo. Había una sombra a sus pies. Cuando se agachó para examinarla vio que se trataba de un simple camisón de tela gris. Era la ropa del niño, arrojada al suelo como en una ocurrencia de último momento.

Así que allí estaba, desnudo. El Salvaje en persona, el famoso Salvaje estaba desnudo en el árbol al que se había encaramado tras morder a una chica. Itard sintió el impulso de darse la vuelta. Dejad que se congele, pensó. No es más que un animal. Si eso es lo que quiere, dejad que se congele. Pero entonces sus ojos volvieron a posarse en la copa del árbol y, con repentina claridad, vio el rostro ausente del niño, el oscuro vacío de los ojos, sus pálidas extremidades, y por un instante fue capaz de salirse de su propio cuerpo para encarnarse en el del niño. ¿Cómo se habría sentido él si lo hubieran abandonado a esa edad? ¿Y si le hubieran rajado el cuello con un cuchillo y lo hubieran capturado y encerrado, sin otra defensa que la de clavarle los dientes a los más lentos y débiles de entre sus torturadores? ¿Cómo se sentiría al quedarse desnudo, indiferente al frío, encogido de miedo, temeroso y hambriento? Así que lenta pero muy decididamente, Itard se levantó y comenzó a trepar por las ramas.

Lo primero que hizo Itard fue ordenar que la esposa del conserje, Madame Guérin, se hiciera cargo de las necesidades del niño a fin de proporcionarle un poco de cuidado maternal y femenino. De ahí en adelante el chico tomaría sus comidas en las habitaciones de la señora, junto a Monsieur Guérin, cuya actitud, creía Itard, ablandaría con el tiempo el carácter del niño. Madame Guérin tenía poco más de cuarenta años. Era una mujer rechoncha y nada quejumbrosa, descendiente de campesinos, y que ahora, como todos los miembros de la República, era una ciudadana. Tenía el pecho y las caderas muy anchas, y llevaba su abundante y ya canoso pelo atado en un moño sobre la coronilla. Sus tres hijas vivían con su hermana en una cabaña en Chaillot, y ella las visitaba cuando podía.

Por su parte, Itard, soltero, consagrado exclusivamente a su trabajo con los sordomudos y ansioso por demostrar sus capacidades, percibió algo en el niño que los demás no atinaron a ver. En las elevadas ramas del olmo, con la ciudad extendiéndose a sus pies y las trayectorias de los pájaros entreverándose sobre los tejados, Itard extendió su mano contra el viento, murmurando suaves y persuasivas palabras, hasta que el niño la tomó. En ningún momento intentó tirar del niño ni aplicar fuerza o presión alguna. Era demasiado peligroso. Cualquier movimiento brusco podría ocasionar una caída. Simplemente lo agarró de la mano, comunicándole su calor de la manera más elemental que supo. Pasó un rato hasta que lo miró a los ojos y entonces Itard pudo ver un mundo entero allí encerrado, marginado quizás, pero un mundo, sin duda. Vio inteligencia y vio necesidad. Más aún: vio una especie de acuerdo tácito, una confianza que floreció automáticamente en la medida en que ambos sabían que nadie, ni siquiera los más ágiles de entre los sordomudos, habría seguido al Salvaje hasta el árbol. Cuando finalmente le soltó la mano y le hizo señas para que bajaran al suelo, el niño pareció comprender y lo siguió por el tronco, sincronizando con él cada movimiento de las manos y los pies. Al llegar a tierra, Itard volvió a ofrecerle la mano, y el niño se aferró a ella para ser conducido nuevamente al interior del gran edificio de piedra y, por las escaleras, hasta su cuarto, donde Itard encendió la chimenea. Ambos se arrodillaron sobre las toscas tablas del suelo durante largo rato, calentándose las manos mientras el viento azotaba la ventana y la noche caía sobre la ciudad como un hacha.

Sicard autorizó a Itard para trabajar con el niño. ¿Qué otra cosa podía hacer? Si el neófito fracasaba en sus intentos de civilizar al Salvaje, si no conseguía enseñarle a hablar ni a comportarse en sociedad —y Sicard estaba seguro de que así sería— a él le traía sin cuidado. De hecho, para él significaba un alivio, pues así se libraría de la responsabilidad y si, por virtud de algún milagro, el salvaje adquiría el don del habla, aquello luciría muy bien en el conjunto de su empresa. Sicard pudo vislumbrar fugazmente al niño vestido con un traje, de pie junto a Massieu en un auditorio donde reflexionaría sobre su vida pasada, hablando de los tubérculos crudos como *la nourriture des animaux et des Belges*, o algo por el estilo. Pero no, algo así no ocurriría nunca. Lo mejor sería hacer recaer la culpa en otra persona. Aun así, obtuvo del gobierno un estipendio anual de quinientos francos para el cuidado y la educación del niño, y para el experimento único que solo Itard estaba en condiciones de llevar cabo, a fin de poner a prueba las tesis propuestas por Locke y Condillac: esto es, ¿nacía el hombre como una tábula rasa, inculto y sin ideas, listo para que la sociedad escribiera en él sus normas, susceptible de ser educado, mejorable? ¿O, por el contrario, era la sociedad una influencia corruptora, como suponía Rousseau, antes bien que la base fundamental de todas las cosas, buenas y malas?

Durante los siguientes cinco años, Itard se entregó por completo, los siete días de la semana, a intentar hallar la respuesta.

El niño se sometió al régimen de modo muy cauteloso. Por un lado, disfrutó de la protección que Madame Guérin e Itard le brindaban contra el grupo de sordomudos que clamaban por su destrucción, y se deleitó con el interminable suministro de comida que se guardaba en las alacenas de los Guérin; por otro, sin embargo, se resistió con toda su voluntad a los intentos que hacía el doctor por controlarlo. Había engordado, se había vuelto más pulposo y pálido (lejos del bosque y una vez que las quemaduras solares desaparecieron, su piel resultó ser tan blanca como la de cualquier otro niño), y lo único que parecía gustarle era acurrucarse en un rincón de su dormitorio y mecerse durante horas, o sentarse al borde del estanque para contemplar la pálida luz en la superficie del agua. Ahora, de repente, estaba aquel hombre con esa mirada insistente y esa prominente nariz, observando cada paso que daba, persiguiéndolo hasta su habitación e incluso sentándose junto a él en la mesa para obstaculizar su tarea cuando empezaba a acumular la comida, las salchichas a las que se había hecho tan aficionado, y las patatas fritas, y las alubias, el potaje de habas, el pan caliente recién salido del horno.

Todos los días, sin falta, era obligado a realizar una serie de actividades predeterminadas. Y eso le resultó especialmente difícil, ya que al principio, durante las primeras semanas, Itard lo había dejado actuar a su antojo. Había dado largos paseos por el parque; se le había permitido comer cuando y cuanto quisiera, y acurrarse o echarse a dormir en su rincón a cualquier hora del día o de la noche, lo cual constituía para el niño una especie de paraíso que él gobernaba, donde sus caprichos eran satisfechos por Itard, en cuya compañía se atrevía incluso a retar a los sordomudos, especialmente a un chico encorvado y veloz como un látigo que estaba siempre acechándolo para darle manotazos o para enzarzarse con él en el suelo, donde lo aplastaba con todo su peso hasta dejarlo sin respiración. Ahora Itard estaba allí para apoyarlo, para cuidar de él, pero también, de manera muy lenta y sutil, para moldearlo a su voluntad. En la mañana de la primera nevada, cuando toda la escuela seguía medio dormida y los sonidos se amortiguaban por causa de la silenciosa y constante acumulación de nieve, el niño se levantó presa de un frenético gozo y corrió desnudo escaleras abajo en dirección al patio, donde levantó la mirada hacia el cielo y le lanzó alaridos al remolino de prístinos cristales que caía sobre su cuerpo antes de ponerse a escarbar en los montones blancos, indiferente al frío y sin que nadie intentara siquiera detenerlo. Los edificios se alzaban como acantilados que convocaran la nevada. Las formas cobraban vida y se fragmentaban en el aire, visiones que surgían en el patio para él y solo para él. Pero entonces miró hacia arriba, presintiendo algo, una presencia, y allí estaba aquel hombre, Itard, envuelto en su abrigo y su bufanda, mientras la nieve blanqueaba los rizos oscuros de su pelo, sus pestañas, sus cejas, la protuberante extensión de su nariz.

El régimen dio comienzo al día siguiente, y el paraíso fue desapareciendo poco a poco y para siempre.

Itard empezó justo después del desayuno. Le dio un baño caliente, un baño que duró más de tres horas, con Madame Guérin calentando un cazo de agua tras otro, y con el niño retozando, chapoteando, sumergiéndose, expulsando chorros, jugando, en fin, como lo haría cualquier otro niño durante el baño. Sin embargo, había un propósito de fondo, una intención civilizatoria, y el hecho de que el niño quedara limpio y libre de hedores ofensivos no fue más que un beneficio de carácter secundario. No. Lo que Itard se proponía —y esos baños siguieron teniendo lugar cada día durante el siguiente mes— era enseñarle algo de sensatez al

Salvaje, lograr que se hiciera consciente de su cuerpo, de su persona, de una manera imposible de alcanzar para cualquier animal. Después del baño diario, se invertía una hora más en una sesión de masajes. Itard y Madame Guérin se turnaban para frotarle los brazos, las piernas, el pescuezo, infundiéndole calma, procurándole placer, permitiéndole apreciar una interacción que jamás había experimentado: estaba siendo acariciado por una criatura semejante a él, y no había nada que temer en ello, ninguna clase de violencia. Al cabo de ese mes, el chico montaría alguna pataleta si el agua no estaba lo suficientemente caliente o si las manos no lo masajeaban con la debida firmeza, y empezaría a vestirse sin necesidad de que lo forzaran a ello, pues acabaría sintiendo el frío como cualquier otra criatura domesticada, y entonces ya no habría vuelta atrás. Y otro tanto ocurrió con su alimentación. El mismo Salvaje que había subsistido a base de raíces crudas y tubérculos, que no había dudado en meter la mano en medio de las brasas ardientes para agarrar unas patatas y que había devorado insectos vivos y desgarrado roedores palpitantes con sus dientes, ahora hacía gestos de repudio delante de un plato que contuviera algo que no le agradara, o que estuviera contaminado con algún brillante ejemplar de la plateada y espesa cabellera de madame Guérin.

Hubo otras cosas que demostraron que sus sentidos empezaban a despertar. Aprendió a usar la cuchara para sacar las patatas de una olla con agua hirviendo, en lugar de meter en ella sus dedos insensibles. Llegó a reconocerse en un espejo de mano y a manipularlo de modo que reflejara un rayo de luz de un lado al otro de la habitación. Sus dedos procuraban la suavidad de las faldas de Madame Guérin y las deliciosas ondulaciones de los trajes de pana de Itard. Cuando se resfrió y empezó a estornudar, quizás por primera vez en toda su vida, se asustó y salió corriendo a esconderse bajo el cubrecama, temiendo que su propio cuerpo lo estuviera atacando. Pero entonces volvió a estornudar una y otra vez, y en poco tiempo —con Itard siempre a su lado, reconfortándolo en susurros— el chico ya había aprendido a anticiparse al estornudo y a esperar el momento oportuno para exagerar el sonido del mismo, riéndose a carcajadas y brincando por todo el cuarto como impulsado por esos vientos internos.

El siguiente paso —y en este punto el niño empezó a irritarse ante las demandas del maestro— marcó el inicio de la segunda etapa del régimen, diseñada para que el chico aprendiera a concentrar su visión y a afinar su oído del mismo modo en que antes habían sido estimulados su gusto y su percepción táctil. Hasta ese momento el niño solo poseía una especie de oído selectivo, que registraba exclusivamente los sonidos relacionados con la comida: el choque de una cuchara con el plato, el siseo de las llamas bajo el cazo, los chasquidos de una nuez cuando se rompe, pero no captaba la voz humana —aparte de ciertas inflexiones, como cuando Itard o alguno de los esposos Guérin perdían la paciencia con sus berrinches o intentaban advertirle acerca de un posible riesgo—. El habla era para él como una especie de música de fondo, no muy distinta del incomprensible canto de los pájaros del bosque o del mugido de una vaca o del ladrido de un perro. Itard se embarcó en la tarea de enseñarle, y lo haría primero por imitación, bajo el supuesto de que así era como los niños adquirirían el lenguaje, copiando lo que les decían sus padres. Redujo el lenguaje a simples sonidos de vocales y consonantes, y le repetía las palabras una y otra vez, con la esperanza de que el niño replicara. Siempre que le mostraba objetos —un vaso de leche, un zapato, una cuchara, una cazuela, una patata— pronunciaba sus nombres. El niño, aun así, lo contemplaba todo con la misma mirada huidiza, y era incapaz de establecer conexión alguna entre esos rudimentarios sonidos y sus referentes. Al cabo de varios meses de estudio no podía producir ningún sonido aparte del acostumbrado murmullo monótono y de la risa que estallaba en los momentos más inesperados y frustrantes. Pese a ello, reaccionaba al abrupto vocerío de los atormentadores sordomudos —ocultándose del ruido como lo haría al escapar de cualquier sonido estremecedor en la naturaleza, la descarga de un trueno o el estallido de una catarata—, hasta que una tarde, cuando Itard estaba a punto de darse por vencido, finalmente se las arregló para arrancarle su primera expresión articulada.

Era febrero, el cielo bajo y gris se derramaba sobre la ciudad, y en mil pucheros se cocinaba la cena del colegio. Los eternos mamporros, los portazos y los alaridos de los otros estudiantes se habían apaciguado gracias al clima y a la habitual calma que precedía las horas de comida. Itard estaba sentado en la cocina mientras madame Guérin preparaba la cena. Fumaba en silencio, observando al chico, que, siempre que la comida era el objetivo, se mantenía alerta. Ocurrió que mientras el chico estaba frente a las hornallas supervisando la cocción de sus patatas, los Guérin empezaron a discutir acaloradamente sobre la muerte de un conocido a causa de un accidente con un carruaje. Madame Guérin afirmaba que la culpa era del cochero —que era un negligente y que posiblemente iría borracho—, mientras que su marido lo defendía. Cada vez que ella afirmaba algo, él decía: «Oh, bueno, pero eso es diferente», antes de contraatacar con otro argumento. Y fue esa simple exclamación, ese sonido vocálico, esa «o», la que hizo que el niño volviera la vista, como si hubiera podido distinguirlo de los demás sonidos. Más tarde, cuando estaba preparándose para irse a la cama (mostrando, conscientemente, una clara preferencia por las sábanas recién lavadas y el colchón de plumas antes que por el nido hecho de paja y retazos y frías tablas), Itard se acercó a él para darle las buenas noches e insistir con las vocales, creyendo que el efecto del sueño conseguiría de algún modo imprimir los sonidos en la tableta vacía de la mente del chico.

—Oh —dijo Itard, señalando la ventana—. Oh —dijo, señalando la cama, y luego a su propia garganta, sobre el flexible y rotundo sonido que se demoraba en el aire.

Para su sorpresa, desde lo profundo de la garganta del niño surgió un sonido que era una réplica del que acababa de hacer él mismo. El chico estaba en pijama, tirando de las mantas. No hizo amago de solicitar una ablución ni de elevar plegarias a ningún Dios preconceptual. Cuando dio muestras de cansancio, el niño se metió en la cama. Solo que, una vez que estuvo entre las sábanas, repitió el sonido una vez más, como impresionado por la novedad.

Itard, que no cabía en sí de emoción, se inclinó sobre él e insistió —«oh, oh, oh, oh»—, hasta que el niño se quedó dormido.

Lo más natural, pues, era que a la mañana siguiente, cuando el niño viniera a verlo, Itard lo llamara con su nuevo nombre, el que le había parecido idóneo, un augusto y venerable nombre ostentado con orgullo por tantos y tantos franceses antes que él, un nombre cuyo acento recaía además en la segunda sílaba abierta: Victor. Su nombre era Victor, y aunque no fuera capaz de pronunciar la primera parte del mismo, pues quizás ni siquiera la escuchaba ni la escucharía jamás, el chico aprendió a responder a la segunda. Él era Victor. Victor. Después de trece años en este mundo, finalmente aquel chico se había convertido en *alguien*.

6

Fue por esa época cuando Victor —o mejor sería decir Itard, en representación de Victor— recibió una invitación para asistir al salón de Madame Récamier. Era una gran oportunidad, no solo para Victor, cuya causa podría promoverse entre las personas más poderosas e influyentes de Francia, sino también para Itard, quien, a pesar de sí mismo, albergaba expectativas poco realistas sobre su vida social y, como muchos hombres, ansiaba obtener reconocimientos. Madame Récamier tenía veinticuatro años por entonces, su belleza y su ingenio eran célebres, y era esposa de un acaudalado banquero tres veces mayor que ella y dueña de un palacete en Clichy-la-Garenne, a las afueras de la ciudad. Todas las personas importantes iban allí a rendirle tributo y a exhibirse. Naturalmente, Itard se compró una casaca nueva para la ocasión y le pidió a Madame Guérin que le cosiera a Victor un traje completo con camisa de cuello alto, chaleco y corbatín, a fin de que luciera como un caballero en miniatura. Durante toda la semana previa a la fecha de la cita en el salón, Itard ideó varios juegos y estratagemas para enseñarle a Victor cómo hacer la venia delante de la dama con resultados no siempre satisfactorios.

En la tarde de la audiencia alquilaron un carruaje. Para entonces Victor había perdido el miedo a los caballos hasta el punto de que sacó la cabeza por la ventana y chilló de gozo a lo largo de todo el camino, para asombro de peatones, gendarmes y perros. Y así, atravesando la fría lluvia, llegaron a Clichy-la-Garenne. Al principio las cosas no fueron mal, y el doctor y su protegido, el que fuera el niño salvaje vestido ahora y comportándose como cualquier niño de trece años, fueron recibidos por el *bon ton* de París, si bien Itard no conseguía que Victor hiciera la venia delante de nadie, y mucho menos de su anfitriona. En cambio, no paraba de correr de una esquina a otra del enorme salón, metiendo las narices en cuanto plato encontraba de su gusto: las huevas de pescado servidas en tostadas de pan, los hongos rellenos, empanados y fritos en aceite caliente, los cadáveres de pájaros diversos empalados del ano al pico.

Madame Récamier le cedió el sitio de honor junto a ella, e incluso se excedió un poco adulando a Itard, pues pretendía sonsacarle para beneficio de los otros invitados, esperando que este, como un domador de circo, persuadiera a Victor de hacer algún tipo de truco. Pero Victor no exhibió ninguna habilidad. Victor no tenía habilidades, de hecho. Victor era mudo. Se mostraba incapaz o, al menos, reticente siquiera a pronunciar su nombre, y no era ni mucho menos consciente de la legendaria belleza o de la célebre mirada de Madame Récamier. Un rato después, la dama se volvió hacia el invitado que tenía al otro lado y comenzó a deleitar a toda la mesa con una historia sobre el pintor que acababa de concluir su retrato al óleo, y que la había obligado a sentarse en la misma posición durante una eternidad, sin siquiera permitir que uno de los sirvientes le leyera en voz alta un libro, temiendo quizás que esto rompiera su concentración. ¡El tedio que había soportado! ¡El sufrimiento! ¡Qué bestia de pintor! Y uno solo de sus gestos bastó para que todos alzaran la vista hacia la pared del fondo y allí estaba, como un milagro, el retrato de la inestimable Madame Récamier, recostada con los pies tentadoramente desnudos y el rostro inmortalizado en un gesto digno pero seductor. Itard estaba extasiado. Y ya se disponía a decir algo, buscando las palabras apropiadas, algo encantador y memorable que sobresaliera entre la cháchara autocomplaciente de los comensales, cuando un estruendo, como el que produce la caída de una estatua de valor incalculable, dejó muda a toda la mesa.

A este primer sonido, proveniente del jardín, le siguió un nuevo estruendo. Itard miró a Madame Récamier, que a su vez contempló la silla vacía a su lado. Fue entonces cuando uno de los notables, al otro extremo de la mesa, gritó:

—¡Mirad, el Salvaje se escapa!

En seguida toda la comitiva fue presa de la confusión. Los hombres se dispersaron por la casa para perseguir al chico, las damas se agolparon delante de las ventanas, abanicándose vigorosamente para no caer desmayadas por la excitación, y la anfitriona, por su parte, procuraba hacer todo lo posible para comportarse como si aquello formara parte del entretenimiento de la velada. Itard, mortificado, apartó la silla torpemente, apretando la servilleta en su mano derecha como quien se aferra a una cuerda para no ahogarse. Estaba paralizado. No sabía qué hacer.

Cuando Itard consiguió reaccionar, Victor corría ya en zigzag por el prado del jardín, perseguido por una docena de hombres ataviados con peluca, emperifolladas pecheras y zapatos de hebilla. Y por si eso no bastara, el chico se estaba despojando una a una de sus vestiduras, quitándose la casaca, arrancándose la camisa hasta descubrirse el torso, deshaciéndose de los zapatos y las medias. En un abrir y cerrar de ojos, a pesar del tiempo dedicado a los baños calientes, a los masajes y al entrenamiento sensorial, el chico volvía a corretear por ahí tan desnudo como lo había estado el día en que emergió de los bosques para ingresar en el mundo de los hombres; desnudo y además trepando como un simio arbóreo por el tronco de uno de los plátanos del jardín de Madame Récamier. Itard atravesó las puertas como en trance, haciendo caso omiso de los gritos de los prominentes ciudadanos, entre los cuales se hallaban el augusto general Jean Moreau, Jean-Baptiste Bernadotte, futuro rey de Suecia y Noruega, y el viejo Monsieur Récamier en persona. Ante la expectación general, Itard se paró al pie del árbol, intentando persuadir a Victor de que bajara. Finalmente tuvo que quitarse la chaqueta y empezar a trepar él también.

La sensación de humillación perduraría en el ánimo de Itard durante mucho tiempo, y, aunque él no lo admitiera nunca, jugó un papel crucial en la actitud que adoptó con su pupilo en las siguientes semanas y meses de entrenamiento. Itard tomó medidas enérgicas. Ya no le permitiría a Victor ninguna de sus pataletas, que tan a menudo ponían fin a las sesiones; ya no toleraría ninguna desviación del comportamiento civilizado, lo cual se traduciría enfáticamente en el hecho de que Victor, a partir de ese instante, tendría que llevar su ropa puesta en todo momento. Y ya no habría más subidas a los árboles y, por supuesto, ninguna presentación en sociedad. La sociedad podía esperar.

En esa etapa de la educación de Victor, además de la repetición constante de las vocales, Itard empezó a emplear el método que Sicard había usado para enseñarles a los sordomudos a leer, escribir y hablar. Al principio hizo que Victor intentara asociar objetos cotidianos —un zapato, un martillo, una cuchara— con dibujos sencillos de los mismos, a la espera de que, una vez dominadas las representaciones, pudiera reemplazar los dibujos por sus símbolos lingüísticos, esto es, por palabras. Itard puso sobre la mesa de Victor una serie de objetos escogidos, incluyendo la llave de la alacena de Madame Guérin, por la que el niño sentía un especial afecto, y luego pegó los dibujos en la pared. Cuando señalaba el dibujo de la llave, por ejemplo, o el del martillo, le mostraba a Victor a qué objeto de la mesa correspondía. Por desgracia, Victor era incapaz de establecer la conexión, aunque Itard insistía, perfeccionando cada vez más los dibujos y exhortando al niño sin cesar al pronunciar simultáneamente la palabra apropiada:

—*La clé*, Victor. Tráeme *la clé*.

De vez en cuando, Victor acertaba y le señalaba correctamente el objeto, pero casi con la misma frecuencia le pasaba el martillo cuando era la llave lo que se le pedía, o el zapato cuando su maestro solicitaba la cuchara. Y ello a pesar de que los intentos se sucedían una y otra vez.

Entonces Itard tuvo la idea de hacer que su pupilo asociara manualmente los objetos con los dibujos, una tarea ciertamente menos compleja. Colgó cada artículo de un gancho debajo del correspondiente dibujo. Victor y él se sentaron en la cama del cuarto y examinaron la disposición de los objetos —llave, martillo, cuchara, zapato—, de modo que el niño tuviera tiempo para asociar cada cosa con su dibujo. Al cabo de un rato Itard se levantó, reunió todos los objetos y se los entregó a Victor para que este los pusiera en el lugar indicado. Victor permaneció largo tiempo mirando a su maestro con ojos serenos y dulces. Luego se puso de pie y ordenó las cosas correctamente. Consiguió hacerlo repetidas veces y sin dudar, pero cuando Itard cambió la secuencia de los dibujos, Victor siguió poniendo los objetos en el orden anterior. Al parecer, recurría solo a su memoria espacial. Itard lo corrigió sin descanso pero siempre, sin importar cuántas veces reordenara los dibujos o los objetos, Victor ponía las cosas donde las había registrado originalmente, recurriendo en todo momento a su memoria. «De acuerdo», pensó Itard, «ahora lo haremos más difícil.» Pronto había una docena de objetos, luego quince, dieciocho, veinte, tantos que Victor ya no podía recordar el orden en el que estaban dispuestos originalmente. Finalmente, al cabo de varias semanas de insistencia, firmeza, súplicas y terquedad, Itard vio con satisfacción —o, más bien, con deleite y gran entusiasmo— cómo su pupilo realizaba una comparación entre dibujo y objeto para, en última instancia, dominar la prueba.

Ahora había que dar un paso más y hacer que las palabras tomaran el protagonismo. Itard volvió a los cuatro objetos originales, los colgó en sus respectivos ganchos, escribió los significantes de cada uno en grandes letras —*LA CLÉ, LE MARTEAU, LA CUILLER, LE SOULIER*— y apartó los dibujos. Nada. Lo mismo de antes. Victor no era capaz de hacer ninguna asociación entre lo que para él debían de ser marcas azarosas y las cosas tangibles que colgaban de los ganchos. Solo fue capaz de ordenar los objetos de memoria, y ningún género de estudio ni número de repeticiones bastó para ilustrar el proceso. Las semanas fueron pasando. Victor empezó a rebelarse contra la instrucción. Itard insistía. No hubo ningún avance. Perplejo, acudió a Sicard.

—El niño está aquejado sin duda de un mal congénito —dijo el abad, sentado detrás de su gran escritorio de caoba mientras acariciaba a uno de los gatos que vivían en los pabellones del instituto—. Es, lamento decirlo, un idiota. Y no un idiota porque fuera abandonado, sino un auténtico idiota, un cretino. Quizás la causa de su abandono fuera precisamente su idiotez…

—No es un idiota, señor abad, puedo dar fe de ello. Está aprendiendo. Lo veo en sus ojos.

—Sí, imagine a sus padres, unos ignorantes campesinos con una ristra de niños sucios y chillones que dependen totalmente de ellos, con poco o nada que llevarse a la boca, imagíneselos cargando con este niño, Victor, o como sea que usted lo llame, un ser incapaz de hablar o de responder con normalidad a nigún estímulo. Parece lógico que lo abandonaran. La triste realidad de la vida es esa, y yo he sido testigo de ella muchas veces con mis sordomudos...

—Con el debido respeto, señor abad, Victor no es un idiota. Y pienso demostrarlo. Solo necesito tiempo.

Sicard se inclinó hasta que depositó al gato en el suelo, un animal gordo y malcriado que era el hermano, el tío o quizás el padre (nadie lo recordaba) del gato, casi idéntico, que se paseaba por las habitaciones de Madame Guérin. Cuando se incorporó de nuevo, miró a Itard a los ojos y dijo con voz serena:

—No hace falta que lo haga. Supongo que ya nos lo demostró en casa de Madame Récamier...

—Bueno, yo... —Aquello fue un golpe bajo, sin duda, e Itard no estaba preparado para recibirlo—. Un episodio desafortunado, lo admito, pero...

—¿Desafortunado? —dijo el abad juntando las manos a la altura de su rostro—. ¡Ese chico es una vergüenza! Para usted, para mí, para el instituto y para todo lo que hemos conseguido aquí. Peor aún: es un insulto. —En este punto bajó la voz para susurrar—: Dese por vencido, Itard. Dese por vencido mientras pueda. Esto acabará con usted, ¿no se da cuenta?

Pero Itard no se dio por vencido. Antes bien, abandonó el método de Sicard y volvió a empezar desde cero. Según sus observaciones, el problema de Victor era básicamente de percepción. Y parecía más grave, mucho más grave, que el de cualquiera de los sordomudos del instituto, cuya agudeza visual compensaba su discapacidad de modo que la relación entre la cosa y su representación en símbolos resultaba inmediatamente evidente para ellos. Aquellos muchachos tenían pocas dificultades para distinguir las sutiles diferencias gráficas que separan una letra de otra, una *b* de una *h,* una *l* de una *t,* y en cuanto reconocían el sistema eran capaces de apreciarlo en todas sus variantes. Victor, en cambio, sencillamente no veía las letras porque no podía distinguir formas simples. Así que Itard tuvo la idea de enseñarle a reconocer figuras elementales —triángulos, círculos, cuadrados y paralelogramos de cartón— y a asociarlas con los espacios vacíos de los que habían sido extraídas. Al principio Victor asumió el nuevo régimen como una especie de juego, y pudo poner las piezas en los agujeros sin mayor dificultad, pero entonces Itard, emocionado por los progresos del niño, hizo las pruebas cada vez más difíciles, variando las formas, los colores y las secuencias de las piezas hasta que al final, como era de esperar, Victor se rebeló.

Imaginémosno la escena. Imaginemos a este niño silvestre vestido de traje, con su nombre nuevo y su recién adquirido amor por la comodidad, con su nueva madre en la figura de Madame Guérin, que lo colmaba de caricias y mimos, con la figura del padre demandante, Itard, llenando cada minuto de su tiempo con tareas imposibles y frustrantes, como en un cuento de los hermanos Grimm. Imaginémonos todo esto y entonces ya no nos sorprenderá el estallido del niño, el resurgimiento de su espíritu primigenio, ese espíritu libre e indómito. Ahora solo quería vagar libremente, dormir bajo el sol, recostar su cabeza en el regazo de Madame Guérin y sentarse a la mesa para comer hasta reventar. Y, sin embargo, cada vez que alzaba la vista, ahí estaba Itard, el maestro, con sus ojos severos y su nariz reprobatoria. Y, para acabar de complicarlo todo, su cuerpo empezaba a experimentar cambios. El aluvión hormonal de la pubertad, el pelo hirsuto creciéndole bajo las axilas y entre las piernas, los testículos descolgándose, el sexo levantándose por voluntad propia mañana y noche, sin descanso. El chico se mostraba confuso, ansioso, taciturno.

La explosión tuvo lugar a lo largo de una soleada tarde de primavera, cuando París entero rezumaba el perfume de las lilas y las azucenas. La brisa del sur era tan suave y tibia como una mano que acaricia la mejilla, y el estanque del patio del instituto albergaba a una flotilla completa de espontáneos patitos, que se quedaban allí incluso mientras los sordomudos retozaban por los prados, chillando y gimiendo con sus voces agudas, tensas, artificiales. Aquel día Itard había diseñado una configuración especialmente compleja de formas y recortes. Había figuras pegadas a la pared con chinchetas, y objetos tridimensionales esparcidos por toda la mesa. Observó que Victor parecía frustrado. El propio Itard se sentía frustrado esa mañana, como se había sentido frustrado en otras cien mañanas iguales a aquella, ya que sus esperanzas crecían en proporciones tan míseras que el maestro tenía la impresión de que los glaciares alpinos acabarían juntándose a los Pirineos antes de que Victor aprendiera a realizar una tarea que un niño de cuatro años habría dominado en un minuto.

Las formas no coincidieron. Victor se apartó de la mesa y corrió a echarse en su cama, malhumorado. Itard lo agarró del brazo y lo obligó a enfrentar el problema, tal como había hecho una y otra vez durante toda la mañana; la presión de sus dedos de hierro en la carne blanda del brazo del chico era tan habitual para él como inhalar y exhalar el aire. Pero esta vez Victor se había hartado. Con una violencia que resultó desconcertante para ambos, el chico apartó el brazo de su maestro y durante un instante suspendido hizo el amago de atacarlo, enseñándole los dientes, los puños levantados de furia, hasta que se volvió hacia los detestados objetos —esferas, pirámides, figuras geométricas planas—, los cogió y los rompió en pedazos. Corrió furioso por todo el cuarto, eludiendo al profesor con la destreza que conservaba casi intacta, a pesar de haber engordado, y arrojó los trozos por la ventana abierta. Agarró puñados de cenizas de la chimenea que luego esparció por toda la habitación, rasgó las sábanas con los dientes, y todo ello mientras Itard trataba de reducirlo por la fuerza. Finalmente, aullando con una nueva y opresiva voz que bien podría haber pertenecido a un ave carroñera, Victor se arrojó al suelo, víctima de convulsiones.

Los temblores eran auténticos —los ojos vueltos del revés, el castañeo de los dientes, la lengua sangrando— pero los había provocado el propio chico, así que Itard, que había presenciado la escena innumerables veces en el pasado, perdió el control de sí mismo. Como un relámpago se lanzó sobre él, lo sacudió violentamente, y comenzó a arrastrarlo en dirección a la ventana abierta. Un tratamiento de choque, eso era lo que necesitaba Victor, una fuerza mayor que la suya, implacable, irresistible, un acto único de violencia que lo domara para siempre y de una vez por todas. Y ahí estaba, al alcance de su mano. Agarrándolo por los tobillos, Itard sacó el cuerpo del niño por la ventana abierta y lo dejó allí colgado, a cinco pisos de altura sobre el suelo. Victor se quedó rígido como una tabla, las convulsiones se detuvieron a causa del terror del momento. ¿Qué debió de pasar por su cabeza? Quizás que después de tanta amabilidad y tantos mimos, después de recibir comida, calor y techo, sus captores —y este hombre en particular, que siempre lo había obligado a realizar aquellas labores extrañas e inútiles— por fin estaban mostrando su verdadero rostro. Que su profesor se había aliado con Madame Guérin, y que lo habían ablandado con el fin de destruirlo tal como lo habrían hecho los sordomudos si hubieran encontrado la manera, tal como lo habrían hecho, antes que ellos, los inclementes chicos de los pueblos en que solía hacer sus incursiones. Había sido traicionado. Se estrellaría contra el suelo y se mataría.

Durante esos pocos minutos a Itard no le importó lo que el niño estuviera pensando. Todo el dolor y toda la humillación de la escena en casa de Madame Récamier lo asaltaron de golpe. Todas las horas malgastadas, la incesante lucha de voluntades, el escepticismo de Sicard, la afilada hoja de los prejuicios sociales y el fracaso acechando en los rincones. Victor rompió a llorar. Mojó sus pantalones. Una paloma, perturbada en su descanso, se revolvió asustada. Y por fin, cuando la sangre ya se le había subido toda a la cabeza, cuando el cielo parecía ya explotar en el horizonte para cerrarse sobre sí mismo en una esfera negra, cuando los sordomudos empezaban a juntarse en el patio, señalando hacia arriba y lanzando gritos inarticulados, Itard agarró a Victor con todas sus fuerzas y tiró de él para volver a meterlo por la ventana.

No lo recostó en la cama. Tampoco lo sentó en la silla o en el suelo. Lo mantuvo en alto hasta que los músculos de Victor se relajaron y pudo ponerse de pie por sí mismo. Luego, con firmeza y sin asomo de duda, Itard obligó al niño a recoger los trozos de cartón que quedaban, y juntos retomaron la lección.

Después de esa tarde nefasta, Victor pareció escarmentar. Seguía siendo reacio a las clases, pero no tanto como antes —o no de una manera tan violenta—. A Itard le bastaba con acercarse a la ventana para subyugar completamente su ánimo. Ya no hubo más pataletas, ni convulsiones. Diligentemente, la cabeza gacha y los hombros encorvados, Victor hacía lo que le decían y se aplicaba a sus lecciones, adquiriendo gradualmente una módica habilidad para hacer coincidir las figuras geométricas con sus receptáculos. En ese punto, Itard decidió ir más allá e intentó enseñarle el alfabeto mediante el uso de su sentido táctil, aprovechando su creciente capacidad para hacer distinciones visuales; para tal fin creó una especie de tablero de juego con veinticuatro compartimentos, cada uno marcado con una letra del alfabeto, y veinticuatro recortes de metal con sus formas correspondientes. La idea era que Victor retirara los recortes de los compartimentos y los reemplazara adecuadamente, tarea que pareció realizar desde el principio sin mayores inconvenientes. Fue solo mediante una observación detenida como Itard se dio cuenta de que Victor no había aprendido las letras ni mucho menos, sino que, en un esfuerzo descomunal, se limitaba a apartar los recortes y a invertir el orden en el que los había quitado. Entonces Itard complicó el juego, como lo había hecho con las representaciones gráficas, hasta que Victor no pudo memorizar el orden de las letras y tuvo que concentrarse en hacer coincidir las formas. Cosa que finalmente logró, saliendo victorioso.

Esto llevaría a Victor, poco después, a pronunciar su primera palabra en voz alta. Ocurrió que una tarde Madame Guérin había llenado un tazón con leche para Sultán, su gato favorito, y luego un vaso para Victor. Las letras metálicas del alfabeto se hallaban dispersas sobre la mesa de la cocina y el maestro, siempre buscando una oportunidad para enseñar a su pupilo, agarró el vaso antes que Victor y manipuló cuatro letras para escribir la palabra leche, *l-a-i-t,* pronunciándola simultáneamente: «Lait, lait». Itard revolvió las letras del alfabeto nuevamente y empujó el montón sobre la mesa, al alcance del chico que, de inmediato, las organizó para escribir: *t-i-a-l.*

—Bien, Victor, muy bien —murmuró el maestro, dándose cuenta de su propio error (el chico había visto las letras al revés) y corrigiéndolo de inmediato.

Repitió el ejercicio, y esta vez Victor escribió la palabra correctamente.

—*Lait, lait* —repitió Itard y Madame Guérin, parada frente a la cocina, hizo lo propio, generando un canto, un coro, un panegírico a ese líquido elemental y alimenticio, señalando en todo momento las letras de la mesa, el vaso de leche y sus labios, su lengua.

Finalmente, con enorme esfuerzo, pues por entonces había llegado a apreciar la leche tanto como el gato, Victor farfulló su primera palabra. Con un hilo de voz y una extraña entonación, pero de modo claro y distinto, el chico los imitó:

—*Lait.*

Itard no cabía en sí de gozo. Ahí estaba, por fin, la llave que abría la mente y la lengua del niño. Después de felicitarlo, después de perder el control y de darle a Victor un abrazo que a punto estuvo de sofocarle, le sirvió un segundo y un tercer vaso de leche hasta que se formó un halo brillante y blanquecino sobre los labios del niño. Entonces Itard corrió a la oficina del abad para darle el reporte de este *coup de foudre*. Sicard, todavía albergaba dudas, así que prefirió no emitir un juicio. Podría haberle dicho que incluso los cretinos pueden pronunciar palabras simples, que los niños de dieciocho meses pueden decir «mama» y «papa», pero en lugar de eso le dijo simplemente:

—Felicidades, *mon frère*. Adelante con ese buen trabajo.

El doctor se fue a la cama muy contento aquella noche y las dos noches siguientes, y siguió contento durante un tiempo hasta que, al tercer día del triunfo de su pupilo, Victor exclamó: «¡Leche!» cuando Madame Guérin le sirvió un vaso de agua, y luego volvió a gritar: «¡Leche!» cuando ella le cortó un trozo de cordero. «¡Leche, leche, leche!» cuando ella sirvió las patatas calientes en un plato.

¿Estaba decepcionado el doctor? ¿Habían sucumbido, habían sido derrumbadas las fortalezas más profundas de su espíritu? ¿Acaso no volvían a su mente los ecos de las palabras del abad —«dese por vencido o esto lo destruirá»— una y otra vez? Sí, por supuesto, como no podía ser de otro modo. Y se le notaba en el rostro, en los gestos, en su actitud hacia su protegido y pupilo, en la rabia que demostraba cada vez que lo veía, cada vez que contemplaba sus delgadas muñecas y su cabeza demasiado grande, y la grasa que empezaba a acumulársele en la cintura y en las mejillas, en el pecho y bajo el mentón; rabia incluso cuando Victor hacía coincidir los recortes con sus compartimentos y gritaba: «¡Leche!» cada vez que acertaba.

Itard nunca llegó a saber con certeza si lo que acabaría propiciando la primera gran crisis de Victor en el instituto fue la estricta actitud de confrontación que mantuvo con él durante los días posteriores a su decepción, pero aquel día, cuando subió los cinco tramos de escaleras y encontró la cama vacía, supo que la culpa era suya. Victor no estaba con los Guérin, ni en las oficinas de Sicard, ni retozando en el estanque, y la inspección tanto de las habitaciones de los sordomudos como del resto de los pabellones, llegando incluso hasta los muros más lejanos, resultó inútil. Una vez más, como si se hubiera tratado de una creación de la imaginación colectiva, el niño salvaje había desaparecido.

7

Afuera, en la oscuridad, más allá de los muros del instituto, Victor sentía como si flotara a la deriva. Había ruido por todas partes. Demasiada gente. Nada parecía familiar, nada parecía real. El cielo era un espacio hostil, irreconocible, la ciudad era una flor tallada en piedra que hubiera brotado en una noche de primavera sin luna, sus pétalos irradiando en mil paseos y giros, para desembocar en callejones sin salida. Algo, algo que no podía comprender, lo había impulsado a saltar de la cama, bajar por las escaleras y cruzar los pabellones hasta llegar a las puertas que lo condujeron finalmente a la calle, pero no conseguía adivinar el qué. Cierta sensación de injuria, la frustración acumulada e inapelable de intentar complacer a ese hombre con mano de hierro y ojos candentes, eso era. Y algo más, algo que no alcanzaba a aprehender porque se hallaba dentro de él, palpitando en sus venas.

Justo antes, apenas acabó la cena, uno de los sordomudos (uno que no era del todo como él, una chica, en realidad, una nueva interna que había llegado esa misma mañana, con una larga cabellera que le caía por la espalda y una pantalla de tela gruesa que le cubría las piernas y aquella otra cosa, ese poderoso misterio físico que adivinaba allí, tal como podía intuir la presencia de un animal en una cañada silenciosa y olfatear el húmedo escondrijo de un topo o el aroma de una trufa enterrada) se le había acercado en el pasillo, junto a la puerta de su cuarto, y le había agarrado de la mano. La chica le estaba ofreciendo algo, una cosa dulce, pequeña y dulce recién sacada del horno. Pero a Victor no le gustaban esas cosas, así que le dio un manotazo y aquello rodó por el suelo. Ella contuvo el aliento. Su rostro mudó. Súbitamente clavo su mirada en la de Victor mientras sacudía los brazos, con los codos en punta y los dedos retorcidos, contorsionados sobre sí mismos en una especie de exhibición enloquecida. Victor se apartó de la chica. Pero cuando ella se agachó para recoger el dulce, él la agarró por detrás y puso sus manos allí, en el lugar donde se juntaban sus piernas, por debajo de la tela, aunque el chico no supo bien lo que hacía ni por qué.

La reacción, sin embargo, no se hizo esperar. Ella saltó como si la hubieran pinchado, a la vez que se giraba rápidamente para enterrar sus uñas en la cara del Victor, que seguía sin comprender y ahora volvía al ataque. De repente la chica había comenzado a emitir un ruido animal, un lamento cada vez más poderoso que retumbó por el pasillo hasta que apareció un hombre con la casaca torcida y esa expresión rígida en el rostro que Victor identificaba con el peligro. Retrocedió espantado, pero el hombre lo agarró con fuerza y su voz se tornó tan áspera y estridente que hasta las piedras retumbaron. ¿A qué venía tanto escándalo, tanto estruendo? ¿A qué venían esos dientes apretados, esos sonidos cortantes, cada sílaba un golpe seco? ¿Por qué, por qué? Estaba el dolor físico que le producía el férreo apretón, algo que cualquier criatura habría sentido en igual medida, cualquier perro al que tiraran súbitamente del collar, pero eso no era nada comparado con el dolor más profundo que sentía, pues este no solo era el hombre que tanto le exigía, sino también el hombre que lo abrazaba y lo mimaba y le daba cosas buenas para comer cuando hacía lo que él le pedía. Así que verlo transformado por la ira le parecía aterrador. Victor recordó la ventana —y el armario donde lo recluían cada vez que escurría el bulto en esos primeros meses de entrenamiento— y adoptó una expresión cetrina mientras el hombre lo arrastraba hacia su habitación y lo encerraba de nuevo en aquella cárcel. Y así, cuando llegó la hora de dormir, cuando los pasos del hombre se acercaron de nuevo, la llave sonó en el pestillo y la puerta del armario se abrió, Victor no hizo las paces con él ni abrió los brazos para recibir un abrazo como había hecho tantas veces. Al caer la noche se escondió cerca de las puertas del instituto, hasta que se escucharon los cascos y los relinchos de los caballos y el chirrido de ruedas, y entonces halló la oportunidad para escaparse.

Al principio, en la libertad que le brindaba la noche, Victor sintió que la excitación lo embargaba, y se alejó de los muros bajo el efecto de una urgencia, impulsado por algo en el olor del aire que, pese a estar contaminado, le evocaba su antigua vida, cuando todo estaba impoluta y equitativamente dividido entre los reinos del placer y el dolor. Se mantuvo intuitivamente al amparo de las sombras. El ruido de los carruajes retumbaba como el trueno, había gentes por doquier, algunos emergían de la niebla como espectros, gritando, dando voces, los zuecos resonando sobre los adoquines y los perros —oh, cómo odiaba a los perros—, montando alboroto en los callejones y gruñendo detrás de las rejas. Pero esta nueva energía, esta nueva sensación de plenitud, lo obligaba a continuar más y más allá. El chico caminó hasta que los zapatos empezaron a estorbarle y, sin dejar de andar, se libró de ellos y ahí se quedaron, finos y de buen cuero, uno medio paso por delante del otro, como si una cosa enorme con alas lo hubiera raptado desde el cielo y se lo hubiera llevado en volandas. Empezó a caer una lluvia fina. Se desvió para evitar encontrarse con un grupo de hombres que vociferaban ruidosa, terriblemente, y luego corrió a toda prisa y volvió a desviarse en otra dirección. Al poco acabó perdiéndose. La lluvia arreciaba. Buscó refugio debajo de un arbusto y, acurrucado, empezó a temblar violentamente. Toda la urgencia anterior se había desvanecido.

Cuando despertó, la noche ya no le deparaba otro ruido que no fuera el siseo de la lluvia en los árboles que salpicaban las aceras y el gorgoteo del agua en las alcantarillas. No sabía dónde estaba, no sabía quién era, y si alguien se hubiera detenido junto a ese arbusto y lo hubiera llamado

«Victor», si Madame Guérin, por ejemplo, hubiera aparecido en ese momento con su delantal, ofreciéndole su suave rostro y sus manos afectuosas antes de llamarlo por ese nombre, él no habría sido capaz de reconocer aquella palabra: «Victor». Tenía frío y estaba desamparado, se sentía hambriento. Tal como había estado al principio, en los bosques de La Bassine y en la llanura helada de Roquecézière, solo que ahora era diferente: el hambre que lo acosaba no se calmaba solo con comida. Cambió de posición e intentó colgar su ropa mojada como mejor pudo a su alrededor. Tenía un lado de la cara sucio por haber dormido sobre el barro y los pies llenos de úlceras y heridas sangrantes. Temblaba tanto que empezaron a dolerle las costillas.

Con la primera luz del día, un hombre uniformado lo vio allí echado bajo el árbol, y lo tocó con la punta de una de sus relucientes botas. El chico, aún desorientado por el sueño, dio un salto de pánico. El hombre, un gendarme, le dijo algo con palabras ásperas que sonaron como el redoble de un tambor. No obstante, cuando intentó agarrar el brazo de Victor demostró que iba un compás más lento y el chico de repente ya estaba corriendo, con las plantas de los pies desgarradas por los adoquines. El gendarme corrió también, hasta que la lluvia y la niebla intervinieron y Victor se halló por fin sentado bajo un árbol, desde donde se divisaba el curso torrentoso del río. A menos de medio kilómetro de allí, Itard y los Guérin recorrían las calles preguntándole a los viandantes si habían visto a un chico de unos quince años, nariz afilada, pelo corto de color terroso, camisa azul y casaca, un niño salvaje, un Salvaje que se había escapado del instituto de sordomudos. La gente se limitaba a mirarlos con asombro. Itard prefirió ir por su cuenta y llamarlo a gritos con insistencia:

—¡Victor, Victor!

Todo pese a que la voz de Madame Guérin sonaba cada vez más quejumbrosa y apenada.

La ciudad despertó. Se encendieron los fuegos de las cocinas. La masa cruda cayó sobre el aceite hirviendo, los huevos se estrellaron en las sartenes, los lucios perdieron la cabeza y la civilización recomenzó su curso. Victor, acuclillado bajo la lluvia, se pasaba las manos por todo el cuerpo, por aquella cosa erguida entre sus piernas y el pesado rollo de carne en su bajo vientre, aquel milagro. Poco después se levantó y dejó que su olfato lo guiara hasta el otro lado de la calle, donde una puerta abierta lo condujo hasta un patio del que emanaba el aroma de la carne en una sartén. La lluvia, atrapada y retenida por los aleros, era menos intensa ahí dentro. El suelo estaba pavimentado. Vio a una mujer que se movía tras una ventana. Estaba medio abierta, así que era de allí de donde se escapaba aquel suculento olor. El chico se acercó al cristal y se quedó mirándola mientras ella preparaba la carne en la sartén y el aroma se elevaba por el aire para comunicarse con sus narices. Pasó un rato hasta que ella lo descubrió, con el rostro manchado de barro, el pelo mojado y revuelto, los ojos negros fijos en sus manos, que le hablaban a la sartén en la hornalla y el baile de las llamas y el ritmo de los largos tenedores. Ella le dijo algo, y él advirtió su rostro enrojecido de furia, el gruñido en la voz. Al instante desapareció para emerger por una puerta en la que él no había reparado. Y ya no hubo más palabras arrojadas contra la lluvia, solo un perro que era todo colmillos y garras, así que Victor se vio a sí mismo corriendo nuevamente, tan rápido como le permitían sus piernas.

No obstante, cuatro patas corren más que dos, y justo cuando iba a desembocar en la calle, los colmillos del animal se le clavaron en la pierna derecha, en el lugar donde el glúteo se junta con el largo músculo de la pierna. La bestia apretó la mandíbula, rugiendo en su propio lenguaje, y el chico se dio cuenta de que debía permanecer de pie. Supo que debía combatirlo desde la ventaja que le concedía su altura para no caer bajo el poder de sus colmillos. Ambos se revolvieron y rodaron. El animal aflojaba la mordida solo para volver a atacar una y otra vez, y la sangre brillaba en chorros al caer antes de formar coágulos negros en el suelo. Entonces el chico golpeó el yunque de la cabeza del perro con ambos puños hasta que algo dentro de él se desató y sus propios dientes entraron en juego, cerrándose como una trampa sobre la oreja de aquella cosa. Los gruñidos, cada vez más quejumbrosos, se convirtieron en una aguda y desconcertada protesta que no tenía nada de doméstico, y el chico presionó con ambos puños el yunque que no dejaba de agitarse furiosamente. De pronto la oreja era toda suya y el perro ya no estaba. La boca le sabía a pelo, a carne, a sangre. La gente contemplaba atónita la escena. Un hombre se acercó corriendo. Alguien invocó a Dios, lo puso por testigo, una frase manida, pero Victor no sabía nada de Dios, y menos de ningún testigo. Por primera vez en mucho tiempo el chico masticó lo que tenía en la boca sin pensar en nada más que en eso, y aún estaba masticando cuando se volvió y empezó a trotar calleja arriba con los pantalones rotos y la sangre caliente rodándole todavía por los muslos.

No pensaba en nada. No pensaba en Madame Guérin o en la alacena, no pensaba en Itard o en la chica que le había ofrecido la cosa dulce en el lóbrego y ya familiar corredor junto a su cuarto, ni pensaba en la chimenea o en su cama. Mientras caminaba, lo único que sentía era dolor en los pies y ese nuevo fuego que le quemaba el muslo. Así que cojeaba y titubeaba y se mantenía pegado a las paredes mientras avanzaba. Todo lo ocurrido antes de aquel momento se había borrado de su mente. Siguió caminando por la misma manzana, una y otra vez, con la cabeza gacha, los hombros encorvados, en busca de nada.

Itard, exhausto, se había quedado profundamente dormido cuando uno de los sordomudos, que había sido enviado a patrullar el vecindario, volvió al instituto con un par de zapatos de cuero muy raspado. El chico, que era de la edad de Victor, enjuto, de ojos claros y con el pelo cortado a ras por el incompetente barbero del instituto, y que tenía habilidad para el lenguaje de signos de los sordomudos, no solo pudo contarle a Itard dónde había encontrado los zapatos sino que además lo llevó hasta el lugar, y hasta le enseñó en qué dirección apuntaban. Itard se sintió afligido. Mareado. Los zapatos —les dio la vuelta para examinarlos— estaban gastados de manera desigual por las costuras internas, con el cuero castigado por el bamboleo de los pasos torvos de Victor. No cabía duda. Estos zapatos, aquellos artefactos, eran para él tan familiares como sus propias botas.

Llovía. Los adoquines brillaban como si los hubieran pulido. Las palomas se acurrucaban en los marcos de las ventanas y bajo los aleros de los tejados. Itard se agachó para tocar el lugar señalado por el chico y luego echó un vistazo hacia el fondo del callejón, donde los muros parecían tocarse en la distancia. De pronto sintió miedo. Supo que su experimento había concluido. Victor se había marchado para siempre.

Al incorporarse para caminar a toda prisa calle abajo, con el sordomudo a su lado, Itard se imaginó a Victor escurriéndose por los callejones, guiado por su nariz y sus orejas, quitándose el traje como quien se deshace de un yugo, abriéndose paso por la orilla del Sena hasta que los campos se ensancharan a su alrededor y los bosques se hicieran más espesos junto a los barrancos. No se detuvo a pensar qué comería el chico ni cayó en la cuenta de que ahora dependía de los demás y había ganado peso por el exceso de cuidados y de lujos. Solo pensó en los ojos y los dientes de Victor, y en cómo se agacharía para capturar una rana o un caracol antes de triturarlos entre sus mandíbulas. ¿Cuán útiles le resultarían en ese ambiente las eternas horas de ejercicios para relacionar las formas y las letras y pronunciar las vocales desde el fondo de la laringe? De nada le servirían. De nada. La vida, tal como ellos se la habían hecho concebir, no valía nada. Él, Itard, con el gran concepto que tenía de sí mismo, con su poder y su voluntad inmutable, no representaba más que la constatación de un fracaso.

El callejón los condujo a una calle húmeda y retorcida, llena de gente que transportaba mercancías de un lado a otro, con los cuerpos apretujados como si cada hogaza o salchicha o bloque de parafina fuera tan crucial como la vida misma. Allí no habría manera de encontrarlo. Itard pensó en el cuarto vacío de Victor, y en el mismo momento en que experimentaba el dolor de la pérdida como una punzada, creyó que lo atravesaba, limpia e instantánea, una aguda sensación de liberación. El experimento había terminado. Punto final. Asunto cerrado. No más horas eternas, no más ejercicios, no más fracasos y frustraciones en una batalla entablada contra lo inevitable. Ahora podía empezar a vivir el resto de su vida nuevamente. Pero no. No. El rostro de Victor se le imponía, el mentón tembloroso y la mirada huidiza, los hombros estrechos y la expresión de orgullo que adoptaba cuando acertaba con una forma o la otra. Itard sintió vergüenza de sí mismo. Apenas podía caminar de vuelta al instituto por aquellas calles lóbregas y agitadas.

Sin embargo, fue Madame Guérin quien no se dio por vencida. Recorrió las calles, fatigó los senderos de los Jardines de Luxemburgo por los que solía llevar a Victor a pasear, inspeccionó los cafés y las tabernas y los callejones que se extendían por la parte de atrás de los mercados y las panaderías. Interrogó a cuanto peatón se cruzaba con ella, enseñándole un sencillo retrato en carboncillo que le habían hecho al chico una noche sentado frente al fuego, mientras asaba sus patatas. Madame Guérin también puso sobre aviso a sus hijas y envió a su marido a recorrer arriba y abajo la orilla del río para que buscara hasta lo inadmisible en la corriente lenta, letal del Sena. Finalmente, al tercer día de la desaparición de Victor, una de las mujeres que vendía sus productos para las cocinas del instituto le dijo a Madame Guérin que había visto al chico —o al menos a un chico clavado a él— en la otra orilla del río, mendigando junto al mercado de Les Halles.

Madame Guérin se puso en marcha de inmediato, guiada por la mujer. Caminaba tan de prisa que cuando llegaron al puente ya le faltaba el aire. Y, aun así, continuó andando, la sangre bombeando intensamente en su pecho, el rostro colorado. Era un día tibio y bochornoso. El suelo estaba lleno de charcos y el río era una plancha gris y pedregosa. Cuando por fin entraron en el mercado, Madame Guérin sudaba copiosamente. Llevaba la blusa y las enaguas chorreando. Pero, por supuesto, no había ni rastro del niño.

—¡Allí! —gritó la mujer de repente—. ¡Allí, junto al puesto de flores, allí está!

El corazón de Madame Guérin dio un vuelco. Sentado sobre el pavimento, debajo un vagón y masticando algo que tenía entre los dedos, había un niño con los hombros estrechos como los de un maniquí, y el pelo pajizo y oscuro. Ella se acercó corriendo, con el nombre del chico en la punta de la lengua. Y ahí estaba, frente a él, inclinada, cuando se dio cuenta de su error. Aquel muchacho no era más que un niño echado a perder, un crío escuálido y muerto de hambre que la miraba con unos ojos hostiles que, definitivamente, no eran los de Victor. De repente sintió que las piernas le fallaban, y tuvo que sentarse en una banqueta y beber un vaso de agua antes de pensar siquiera en darle las gracias a la mujer. Ahora tendría que volver andando, cabizbaja, hasta el instituto.

Caminaba despacio, consciente de su lentitud, con la mirada perdida en el suelo como si estuviera intentando no pisar los charcos para no ensuciarse los zapatos. En su interior trataba de sobreponerse a la pérdida, y combatir su sensación de desolación: el chico aparecería, sabía que aparecería. Y, en cualquier caso, si no volvía, ella ya tenía a sus hijas, a su marido y a su gato. Además, ¿quién era Victor sino un pobre y desamparado chico salvaje que no podía pronunciar ni dos palabras seguidas para sobrevivir? En eso pensaba cuando levantó la mirada para esquivar a un hombre nervioso con bastón, y fue entonces cuando sus ojos se cruzaron, esta vez sí, con los del muchacho. Estaba al fondo de la calle, perdido entre el alboroto de los carruajes que pasaban, las cargas sobre los hombros y las cabezas de los viandantes que se interponían entre los dos. Todo París parecía estar desplazándose en sincronía entre ambos como para frustrar el encuentro, como para separarlos de nuevo y que no pudieran volver a reunirse jamás. Y cuando ella dio un paso para cruzar no se molestó en mirar a derecha o izquierda, e ignoró los gritos del hombre que, jamón en mano, la maldecía desde su carruaje, y también la vacilación de los cascos de los caballos. Porque ahora nada importaba, nada excepto Victor.

Por un instante imposible de mensurar, el chico no reaccionó. Se quedó allí, recostado contra el muro del edificio que se alzaba a sus espaldas, con el rostro pequeño y aterrorizado, la mirada perdida. Ella vio cuánto había sufrido, vio el barro que se le acumulaba en el pelo, la ropa raída, la sangre en el fondillo de los pantalones.

—¡Victor! —lo llamó Madame Guérin con voz furiosa, afilada. ¿En qué estaría pensando? ¿Qué se suponía que estaba haciendo?—. ¡Victor!

Fue como si esas dos sílabas se hubieran vuelto palpables, duras de repente, atadas a una piedra que, después de surcar el aire, lo hubiera derribado de un golpe y lo hubiera arrojado al suelo. El chico cayó de rodillas y rompió a llorar. Intentó hablar, intentó decir el nombre de la mujer, pero no lo consiguió.

—Uh-uh-uh-uh… —dijo con la voz rota de emoción—. Uh-uh-uh-uh…

Y entonces, arrepentido, recorrió a gatas los últimos metros que lo separaban de ella y la agarró por las faldas y ya no la soltó más.

Mientras tenía lugar esta escena, Itard había vuelto a sus habitaciones, donde trabajaba con un chico funcionalmente sordo, pero que conservaba cierto nivel de audición. Este chico —que se llamaba Gaspard y era de la edad de Victor, tenía el pelo rubio, sano, con una sonrisa agradable y de buen talante— había progresado rápidamente desde que llegara al Instituto un año atrás, proveniente de un remoto pueblo bretón. Podía comunicarse con facilidad mediante los signos, y no tardó en dominar los ejercicios creados para asociar un objeto con su representación gráfica y luego el objeto con la palabra asignada a él. Durante el último mes, Itard lo había instruido en la conformación de los sonidos de esas palabras con el paladar, los labios y los dientes. Y el chico había empezado ya a unir, si bien discretamente, fragmentos de sonidos de manera comprensible, algo de lo que Victor era todavía incapaz, pese llevar dos años enteros en el instituto —y con el agravante de que él sí podía oír sin problemas—. Aquello constituía todo un acertijo, dado que Itard se negaba a creer que Victor fuera mentalmente deficiente. Había pasado demasiado tiempo con él. Había tenido ocasión de mirar muchas veces en lo más profundo de sus ojos, y estaba seguro de que el niño era normal. En cualquier caso, mientras Itard sometía a Gaspard a las lecciones, en quien estaba pensando de verdad era en Victor, perdido y vagabundo por la ciudad, a merced de los criminales comunes y de los invertidos sexuales. Y mientras pensaba en él, fue Monsieur Guérin quien llamó a la puerta para darle las buenas nuevas.

Itard saltó del escritorio y tiró la lámpara de pura emoción. De no haber sido por la astucia de Gaspard y su velocidad a la hora de apagar el pequeño incendio que se generó a continuación, todo el cuarto habría ardido en llamas.

—¿Dónde? —preguntó Itard—. ¿Dónde está?

—Con Madame.

Un instante después, con el olor del aceite de la lámpara metido todavía en las fosas nasales y permeando su ropa, Itard bajó las escaleras en dirección a las habitaciones de los Guérin. Victor yacía rígido en la bañera, mientras la mujer lo enjabonaba con un estropajo. Cuando Itard entró, el niño ni reparó en él. Ni siquiera se atrevió a levantar los ojos del suelo.

—Pobre niño… —dijo Madame Guérin, girando el cuello para observar al maestro—. Ha sido atacado por algún animal y ha debido de dormir entre la basura.

El vapor velaba el aire de todo el baño. Dos grandes ollas de agua se calentaban en el fuego.

—Victor, has sido malo, muy malo —dijo Itard, dejando que su entonación expresara todo lo que sentía, menos el alivio. Debía ser estricto. Debía ser como su propio padre, que nunca permitió que sus hijos se salieran jamás con la suya. Y mucho menos él, Itard. Reprendió a Victor por escaparse como si no fuera ese su hogar, como si no lo hubieran tratado con ecuanimidad y hasta con cariño. Y si ese no era su hogar, ¿dónde estaba entonces?—. ¡Victor! —dijo levantando la voz—. Victor, mírame.

No hubo respuesta. El rostro del chico era una tabla arrastrada por la superficie del agua, su pelo una cortina. Sus ojos no se centraban en nada.

—¡Victor! ¡Victor! —gritó Itard, acercándose hasta quedar acuclillado frente a la bañera, con ambas manos apoyadas en los bordes. Lo que sintió de repente era que le embargaba la rabia, una rabia desproporcionada. Y pensar que se había sentido tan contento cuando el señor Guérin fue a su despacho para darle la noticia. ¿Qué había cambiado? ¿Qué era lo que le molestaba? Quería ser reconocido, eso era todo. ¿Acaso era demasiado pedir?—. ¡Victor! —gritó.

A causa del agua del baño y la influencia del vapor, no podía estar completamente seguro, pero le dio la impresión de que los ojos del chico se habían humedecido. ¿Estaba llorando acaso? ¿Acaso era capaz de conmoverse?

La voz de Madame Guérin rompió el silencio.

—Por favor, Monsieur le Docteur, ¿es que no ve que el niño no se siente bien?

Por la mañana, aunque pudiera parecer perverso, aunque hubiera sido su exceso de celo lo que posiblemente precipitara la crisis en un primer momento, Itard decidió volver al trabajo con Victor, esta vez redoblando sus esfuerzos. Una suerte de principio elemental se había restablecido con aquel baño, una confirmación del orden asentado de las cosas tal como debían ser: él era el Padre y Victor era el Hijo, y él estaba decidido a aprovecharse de tal circunstancia mientras pudiera. Había confirmado la influencia de los métodos de Sicard y de los suyos propios en Gaspard y en otros sordomudos, así que volvió a mostrarle a Victor los objetos simples y las palabras, escritas en cartulinas, que los representaban. Al principio, Victor fue incapaz de establecer la conexión, como había ocurrido en etapas anteriores, pero a medida que pasaban los meses, se produjo una suerte de conversión intelectual y Victor finalmente consiguió dominar cerca de treinta palabras. No oralmente, pero sí de manera escrita. Itard le enseñaba una cartulina que rezaba *BOUTEILLE* o *LIVRE*, y Victor, que todo lo convertía en juego, salía corriendo por la puerta, trepaba por las escaleras hasta su cuarto y agarraba el objeto indicado. Aquel fue un gran avance. Y, tras incesantes repeticiones, con cientos de botellas y cientos de libros, papeles, lápices y zapatos, incluso empezó a generalizar, comprendiendo que la palabra escrita no se refería exclusivamente a la cosa específica que podía encontrar en el cuarto sino a toda la clase de objetos similares. Ahora, consideró Itard, estaba listo para la etapa final: el salto de la palabra escrita a la hablada, que comprometería todas sus facultades y lo convertiría totalmente en un humano por primera vez en su vida.

Durante el año siguiente —un año entero con sus nubes fugitivas y sus lluvias intermitentes, con sus nieves y sus retoños y sus ciclos vegetales— Itard instruyó al niño, como había instruido a Gaspard, mirándolo de frente y trabajando los músculos cráneo-faciales en su amplia variedad expresiva, metiendo los dedos en la boca del niño para manipular su lengua, y permitiendo a su vez que el niño hiciera lo propio en la suya a fin de que sintiera el movimiento lingual a medida que se iban formando las palabras. Así fue como estudiaron las vocales, como llegaron a las consonantes, a los fonemas más simples. Era un proceso desesperante.

—Ve y coge *le livre* —decía Itard, y Victor se quedaba mirándolo. Itard entonces se levantaba para atravesar el cuarto y coger él mismo el libro con las dos manos, a la vez que señalaba al chico—. Dime, Victor. Dime que quieres el libro. El libro, Victor. *El libro.*

Por otro lado, cada vez que la brisa removía las cortinas o cuando las nubes descendían cerca de los terrenos del instituto o un relámpago afilado cortaba en dos el cielo, Victor acostumbraba a asomarse a la ventana, sin tener en cuenta lo que estuvieran haciendo o cuán crucial fuera el punto al que hubiera llegado la lección, sordo a cualquier reconvención. Había ganado peso. Ahora era más alto, había crecido casi diez centímetros. Estaba más fuerte. Su complexión se parecía cada día más a la de un adulto —de un tamaño poco natural y con los rasgos deformes de un chico, pero un adulto incipiente a fin de cuentas—. Como evidencia indiscutible, ahí estaba el pelo que le brotaba bajo las axilas y en el pubis, e incluso un leve y traslúcido vello sobre el labio superior. Durante esta etapa se distraía con mayor facilidad y a veces parecía quedarse en blanco, con la mirada perdida, gimiendo y meciéndose como solía hacer justo cuando acababa de salir del bosque. Se le veía cada día más inquieto y, en tanto su cuerpo seguía cambiando, acabó convirtiéndose en un problema en los pabellones de la institución.

Además del incidente con la chica sordomuda, hubo nuevos motivos de preocupación. Pese a que Itard no podía siquiera imaginar que Victor representara un peligro para nadie, varón o mujer, el chico no dejaba de cruzar los límites de lo apropiado, así que Sicard empezó a considerarlo una influencia inmoral para los demás niños. Y no sin razón. Victor demostró que no tenía más sentido de la vergüenza que una liebre ártica o un mono africano. Y así, cuando tenía ganas, sacaba su falo y se masturbaba sin importar la situación o la compañía (aunque por fortuna, el abad no estaba al tanto de esta costumbre). Se frotaba de modo inapropiado con otras personas, mujeres y hombres por igual. Era cada vez más frecuente, al levantarse por las mañanas, verlo sin pantalones y a veces hasta sin ropa interior. No importaba cuánta disciplina o castigo se empleara, no había manera de despertar en él el sentido de la vergüenza o el pudor.

Una vez, durante un picnic en los jardines del Observatorio de los Jardines, delante de las hijas de Madame Guérin, Victor ensayó un torpe acercamiento amoroso a Julie, la favorita de las tres. Solía verla a menudo, cuando ella venía a visitar a la madre. «¡Lili, lili!», gritaba al verla entrar en el cuarto. Y Julie parecía sentir una simpatía genuina por el chico, no solo por el bien de su madre, sino porque era una persona de buen corazón y proclive a la compasión. Aquel día, como de costumbre, no bien habían abierto la cesta después de extender la manta sobre el suelo, Victor se hizo con buena parte de los sándwiches, y corrió a ocultarse entre los árboles. Ese era su comportamiento habitual —a pesar de todo el entrenamiento en pos de su humanización, no daba muestras de sentir empatía, piedad o generosidad—. Sin embargo, esta vez se produjo una variante: pocos segundos después se acercó sigilosamente al grupo, con el rostro manchado de pasta de pescado y mayonesa, y empezó a acariciar el pelo de una de las hijas, y luego de la otra, con los dedos visiblemente temblorosos. Luego recostó la cabeza en el regazo de esta última por un instante, y entonces se levantó y la agarró por la nuca, de manera firme pero aún amable. Cuando vio que lo ignoraban pareció sentirse ofendido y se alejó con un salto desmañado. La última fue Julie, que era más tolerante que el resto de sus hermanas. Con ella repitió la misma escena, solo que esta vez Victor agarró de la mano a Julie con un brinco que Itard no juzgó muy propio del chico, y la obligó a levantarse para conducirla hasta la arboleda donde había escondido los sándwiches.

Las hermanas se miraron y trataron de advertir a sus padres con ciertas insinuaciones. Madame Guérin dejó escapar una risita avergonzada mientras su marido, estoico, envejecido, con su gran nariz enrojecida por el sol, solo tenía ojos para su sándwich.

—Nuestro salvaje se ha civilizado bajo el hechizo de los encantos femeninos, ¿eh? —dijo Itard—. Y no lo culpo.

Todas las miradas, excepto la de Monsieur Guérin, se dirigieron hacia la arboleda y hacia lo que, bajo el pronunciado brillo del sol, allí estaba teniendo lugar. Intrigado y con una ceja levantada hacia los demás como para indicar que la situación le divertía y no le preocupaba demasiado, aunque en el fondo no fuera así, pues conocía la rudimentaria concepción del decoro que tenía Victor, Itard fue a investigar.

Victor, con el rostro pálido y sobrio, estaba estrujando afectuosamente las rodillas de Julie como si fueran bolas de cera maleable que él intentara moldear, todo ello sin dejar de mirar sus sándwiches: cuatro o cinco que había depositado sobre un lecho de hojas recién cortadas y que, sin excepción, exhibían las evidentes marcas de sus dientes. Julie hacía todo lo posible por parecer divertida, aunque en el fondo se notara que estaba incómoda, así que, después de dejar que Victor le acariciara el pelo y le siguiera estrujando las rodillas durante un buen rato, la chica sonrió y dijo:

—Ya es suficiente, Victor. Quiero volver con mamá.

Victor adoptó una expresión de derrota mientras Julie se levantaba con un fragante revuelo de faldas para volver al picnic.

—¡Lili! —gritó apenado, acariciando la depresión que había quedado en la hierba donde antes estuviera la chica—. ¡Lili, Lili!

Y entonces, presa de la desesperación, agarró los restos de un sándwich a medio comer como la prueba última de su amor.

Itard quedó conmovido ante su gesto. Delante de él había un ser humano. Aunque no podía siquiera imaginar cómo iba a enseñarle a su pupilo las normas de la moral y el decoro si no era capaz de poner una simple palabra en su mente. Victor no podía formular sus deseos, mucho menos expresar sus sentimientos, y los ejercicios cotidianos, lejos de acercarle a la meta, parecían alejarlo cada vez más de ella. Pasaron seis meses y luego otro año más. Victor empezó a rebelarse contra el régimen de un modo que recordaba a sus primeros días en el instituto, y no importaba cuántas veces ejercitaran sus músculos faciales y su lengua, repitiendo las mismas palabras, Victor simplemente se veía incapaz de pronunciarlas. El propio Itard, un hombre dotado de una paciencia diríase que divina, llegó a aborrecer las sesiones hasta que, finalmente, a regañadientes, tuvo que afrontar la dura verdad: Victor estaba experimentando un retroceso. Gaspard había conseguido trabajo como aprendiz de zapatero y en el momento de marcharse era capaz ya de leer, escribir y hablar con cierta fluidez. Otros aparecieron en su lugar y aprendieron y se desarrollaron, y al cabo, también, siguieron con sus vidas. Sicard se mostraba cada vez más impaciente, pues el Ministro del Interior, que había autorizado los fondos para el cuidado de Victor, seguía esperando alguna clase de resultado tangible que pudiera justificarse como inversión pública. Sin embargo, en este punto se alzaba una especie de muro, un impedimento que Victor, sencillamente, se veía incapaz de superar. Así que, muy a su pesar, Itard se vio obligado a admitir que aquello era el resultado irremediable de sus años de aislamiento, de esos años de inhumanidad y salvajismo que había sufrido sin la compañía de una voz humana que le hablara. El maestro, poco a poco, empezó a perder toda esperanza.

Y entonces llegó el día.

La mañana en que Sicard apareció en la puerta del despacho de Itard amaneció con un primaveral aroma de renovación en la brisa tibia que soplaba desde el sur. El doctor llevaba un rato esperando la llegada de un estudiante, así que su puerta estaba abierta de par en par. Pero, al darse cuenta de que Sicard estaba allí, le miró con sorpresa, pues en todos esos años en el instituto, el abad nunca se había presentado en su despacho. Y, sin embargo, ahí estaba, enfundado en su sotana, con los rasgos contraídos en una mueca de reprobación. Aquello solo podía significar problemas.

—¡El Salvaje! —le espetó Sicard, que estaba tan alterado que apenas podía pronunciar el nombre del chico.

Alarmado, Itard se levantó de su escritorio y agarró la jarra.

—Señor abad —le dijo sirviéndole un vaso de agua—, tome usted un poco de... Por favor.

Sicard se frotó las manos, mientras parecía que la sotana se agitaba por todo el cuarto.

—Ese animal. Ese... Dios me ayude, es incurable. Ese idiota. Esa bestia sucia, ese, ese...

Itard lo miró afligido.

—¿Qué ha hecho?

—¿Que qué ha hecho? Nada menos que desnudarse delante de un grupo de internas. La hermana Jean-Baptiste estaba con ellas. Y... Y luego se ha manipulado *aquello* como haría uno de esos idiotas del Bicêtre, que es justo donde debería estar. Ahí o en presidio.

El abad le lanzó una mirada hostil a Itard. Su respiración —el traqueteo del aire en las aletas de la nariz— era atronadora, y sus ojos parecían a punto de derretírsele.

—Pero no podemos abandonarlo así como así...

—No permitiré que corrompa esta institución, que mancille las inocentes mentes de los niños. No olvide que son nuestros protegidos, doctor, nuestros protegidos. Peor aún: ¿qué pasaría si decidiera dar rienda suelta a sus impulsos? Dígame, ¿qué cree usted que pasaría?

Por la ventana abierta se colaban los gritos de los niños en medio de sus juegos. El bote de una pelota, el choque de los cuerpos. Risas. Alaridos. Unos cuantos niños jugando, eso era todo. El ruido que hacen los niños al jugar era un ruido que, no obstante, a Itard le pareció deprimente. Victor no jugaba. Victor no había jugado ni una sola vez en su vida. Y justo ahora que había dejado de ser un niño...

Itard lo había intentado todo. Había suprimido la carne de su dieta, y también todos los otros alimentos que pudieran contribuir a una excitación anormal. Le daba baños interminables esperando que eso le calmara, y en los momentos de mayor nerviosismo le extraía sangre hasta que la tensión cedía. Solo las extracciones de sangre parecían funcionar, aunque solo por unas pocas horas. De repente, Itard vislumbró en su conciencia el rostro de Victor, pálido y afilado en la esquina de su cuarto, meciéndose y masturbándose, vislumbró el brillo de los ojos en los que el mundo entero retrocedía hasta el pozo primordial del que saliera el hombre eones atrás.

—Él no es así… —dijo Itard sin convicción alguna.

—Es un ser incurable. Incorregible. Insisto en que debe ser expulsado.

Itard sabía que había otra solución. Aun así, se trataba de algo que no podía hablar con nadie, y, desde luego, en ningún caso con el abad ni con Madame Guérin. Si Victor pudiera expresarse carnalmente, experimentar el alivio que todo macho saludable necesita para no enloquecer, entonces quizás hubiera alguna esperanza, pues era posible que ese retroceso, esa incapacidad para concentrarse en sus lecciones —para hablar como un ser humano, en suma— estuviera de algún modo ligada a sus naturales necesidades. Itard pensó que quizás debería contratar a una prostituta. Durante meses había contemplado esa idea, pero finalmente se descubrió incapaz de hacerlo. Una cosa era rescatar al niño de su estado de salvajismo, retenerlo para examinarlo en tanto espécimen, educar sus sentidos y su mente, y otra muy distinta era jugar a ser Dios. Nadie tenía derecho a hacer algo así con él.

—Es de todo punto imposible… —insistía—. Ese niño es un protegido del Estado. Es responsabilidad nuestra, y solo nuestra. Nosotros lo sacamos del bosque y lo civilizamos, y ahora no podemos simplemente desentendernos del asunto y expulsarlo.

—¿Cómo? ¿Que lo civilizamos ha dicho? —Sicard tenía las piernas abiertas, como si estuviera a punto de agacharse, preparado para seguir lidiando con el asunto. Había rechazado la silla que Itard le ofreciera, había rechazado el vaso de agua. Tenía muy claro lo que quería—: No hay nada más que hablar al respecto.

—¿Qué hay del Ministro del Interior? ¿Qué hay de mi informe?

—Su informe dirá que ha fracasado. —Sicard suavizó la expresión—. Pero no por negligencia. Aprecio la energía que ha invertido usted en este asunto, todos le estamos muy agradecidos por ello. Pero se lo dije hace años y se lo diré ahora de nuevo: déjelo. Ese chico es un idiota. Es un sucio animal. Eso es lo que es. Merece estar encerrado. —El abad agarró el vaso de agua como examinando la transparencia del líquido, pero no bebió—. Le diré más: la castración es lo que merece.

—¿La castración?

—Merece ser castrado, como un perro o un toro.

—¿Y no deberíamos ponerle un anillo en la nariz también?

El abad permaneció en silencio durante un buen rato. La brisa combaba ligeramente las cortinas. Un rayo de sol, dorado como la mantequilla, iluminó el suelo a sus pies. Finalmente, alzando la voz por encima de los gritos de los niños, se despejó la garganta y dijo:

—No veo por qué no. Sinceramente, no veo por qué no.

8

El informe final que Itard preparó para el Ministro del Interior constituyó un juicio en toda regla, una especie de crucifixión de su alma, que podía llegar a arrancarle gruesas lágrimas cada vez que la pluma tocaba el papel. Supuso también la admisión formal de que había desperdiciado cinco años de su vida, y, lo que es peor, de la de Victor, intentando lo imposible. Y que, pese a todo su atrevimiento y decisión, pese a sus repetidos intentos de demostrar lo contrario, había fracasado estrepitosamente. En último término, había comprendido que los factores limitadores provocados por el abandono de Victor eran imposibles de sortear, que el chico era, como Sicard le había dicho, incorregible. En nombre de la ciencia y en parte para justificar sus esfuerzos, Itard mencionó estos factores en el informe oficial: «(1) Dado que no puede escuchar el habla de los demás ni aprender a hablar por sí mismo, la educación de Victor es y será siempre incompleta; (2) Su evolución "intelectual" nunca podrá equipararse a la de un niño normalmente criado en sociedad; (3) Su desarrollo emocional está bloqueado por un profundo egoísmo y por la imposibilidad de canalizar su despertar sexual hacia una meta satisfactoria».

Mientras escribía, la pluma parecía arrastrarse por la página como si estuviera hecha de plomo. Todos los momentos de esperanza que había vivido en su trato con Victor —el rápido progreso del chico durante los primeros meses, su primera palabra, su nombre, el salto que había efectuado al distinguir las palabras escritas— acudían a su memoria para luego evaporarse en un mar de frustración. Muchos días e incontables jarras de café después, Itard comprendió por fin que, pese al fracaso general, se había producido al menos un triunfo discreto. Victor no podía compararse con otros niños, argüía Itard, pero sí podía hacerlo consigo mismo. Al salir del bosque era apenas más sensible que una planta, y, de hecho, solo superaba a esta porque sabía vocalizar y moverse. Por entonces, en aquellos tiempos no tan lejanos, era el Salvaje de Aveyron, el niño-bestia. Pero ahora era Victor, un joven que, a pesar de sus limitaciones, había aprendido a ser útil a la sociedad, o al menos a la comunidad de sus guardianes, Monsieur y Madame Guérin, para los cuales no solo era práctico sino también servicial en el desarrollo de algunas tareas domésticas, como cortar la leña destinada a la chimenea y poner la mesa antes de cada comida. Asimismo, en el curso de su educación había ido desarrollando cierto grado de sensibilidad moral.

Cierto grado. Carecía de sentido de la vergüenza, pero lo mismo les había ocurrido a Adán y a Eva antes de que la serpiente penetrara en el Edén. De modo que Victor no tenía culpa alguna de esa carencia. Quizás las lecciones más cruciales que Itard le había enseñado hubieran sido aquellas destinadas a mostrarle cómo ir más allá de sí mismo; cómo comprender que los demás tenían también sus necesidades y emociones; cómo sentir piedad y su corolario, compasión. Al principio, cuando Victor era tan dado a robar y acumular comida en su cuarto, Itard había intentado inculcarle, de la manera más directa posible, una versión de la Regla de Oro: cada vez que Victor le quitaba a Itard o a Monsieur Guérin algún trozo de comida del plato, el maestro esperaba la oportunidad para arrebatarle algo a Victor a su vez. En ocasiones había llegado incluso a entrar a escondidas en el cuarto de su pupilo para quitarle su alijo de patatas, manzanas y mendrugos de pan a medio masticar. En un principio la reacción de Victor había sido violenta. En cuanto se fijaba en su plato y descubría que sus *pommes frites* o sus habas habían desaparecido y que ahora se encontraban en el plato del profesor, montaba un escándalo, y daba en rodar por el suelo y en gritar de rabia y de pena. Madame Guérin ponía cara de reprobación. Sin embargo, Itard no cedía un ápice. Con el tiempo, Victor llegó a corregir ese hábito. Ya no robaba comida de los platos ajenos ni se apropiaba de artículos por él codiciados, como la hebilla brillante de un zapato o la bola de cristal traslúcido que Itard usaba como pisapapeles. No obstante, el doctor nunca supo con certeza si su cambio se debía al desarrollo de un rudimentario sentido de la justicia o si sencillamente temía las represalias como lo haría un criminal común.

Eso fue lo que, durante el tercer año de su educación, condujo al doctor a impartir la lección más difícil de todas. Ocurrió un día en que habían estado trabajando con los recortes durante horas y en que Victor se mostraba particularmente dispuesto y ansioso por recibir los mimos y premios que Itard solía prodigarle al final de una sesión especialmente dura. El sol se encogía en el horizonte. Al otro lado de las ventanas, el clamor de los sordomudos en el patio se alzaba anunciando que se acercaba la hora de la cena. El olor de la carne estofada impregnaba el aire. Durante unos minutos, Victor había permanecido alerta, a la espera de la conclusión de los ejercicios y ya anticipando su recompensa. Solo que en lugar de premio, Itard esta vez le impuso un castigo. Alzo la voz, y le dijo a Victor que había sido un chico malo, muy malo, que era torpe y estúpido y que era imposible trabajar con él. Itard continuó en ese tono durante un buen rato. A continuación se levantó abruptamente, tomó al chico del brazo y lo metió en el armario donde solían encerrarlo en los primeros tiempos de su educación, cuando se mostraba particularmente intratable.

Victor lo miró asombrado. No podía vislumbrar siquiera lo que había hecho mal o por qué el rostro de su profesor estaba tan contrito y rojo, o por qué su voz era tan amenazadora. Al principio, lloriqueando lastimeramente, se dejó llevar hasta la puerta del armario, pero luego, cuando Itard estaba a punto de encerrarlo en él, Victor se volvió furioso, con el rostro encendido y los ojos ardientes, y por unos momentos ambos forcejearon por dominar al otro. Victor era más grande ahora, más fuerte. Aún no podía haccrle frente a ningún adulto, pero a Itard le costó gran esfuerzo, entre las protestas y llantos del chico, meterlo a empujones en el cubículo. La puerta, sin embargo, no se cerró del todo. Victor no lo permitió. Lo que hizo fue apoyar el pie en la parte interior de la puerta y empujar con todas sus fuerzas. Cuando sintió que le empezaba a fallar la energía se lanzó para clavar sus dientes en el brazo de Itard, justo un instante antes de que la puerta se cerrara por fin, y la llave asegurara el pestillo. Emocionalmente, fue un momento muy duro para el doctor. La mano le latía con fuerza. Tendría que tratarse la herida y el chico lo odiaría durante semanas. Y aun así, no dejó de regocijarse: aquello demostraba que Victor había desarrollado un primitivo sentido de la justicia. El castigo había sido inmerecido y el chico había reaccionado como lo habría hecho cualquier otro ser humano. Aquella constituyó, quizás, una pequeña victoria. ¿Acaso el Salvaje de Aveyron, obligado a bajar de su árbol, habría sido capaz de entender el concepto de lo justo por sí mismo? Esa era la prueba definitiva de la humanidad de Victor, y el doctor no dejó de mencionarlo en su informe. Ese niño, ese joven, aducía Itard en la conclusión, merecía definitivamente la atención de la ciencia, así como el apoyo continuado y diligente del gobierno.

El informe llegó a las cincuenta páginas. El Ministro del Interior lo mandó publicar asumiendo él mismo los costes. Sicard añadió una carta elogiando los ímprobos esfuerzos de Itard, y este último recibió una cuota mínima de aquel reconocimiento y celebridad que tanto había añorado. El experimento, no obstante, había llegado a su fin, y los días de Victor en el instituto estaban contados. Sicard había luchado denodadamente para que el chico fuera expulsado, e incluso había escrito al Ministro del Interior para explicarle que el chico, pese a los esfuerzos heroicos de Itard, permanecía en un estado de idiocia incurable, y que a partir de un cierto punto había empezado a constituir una creciente amenaza para los otros estudiantes. Pasó algún tiempo, meses y luego años de agotadora espera, hasta que el gobierno por fin accedió a concederle un estipendio anual de cien francos a Madame Guérin para la manutención de Victor, y a otorgarle otros quinientos francos con los que por fin pudo mudarse, con su marido y el chico, a una pequeña casa a la vuelta de la esquina del Instituto, en el Impasse des Feuillantines.

Si Victor se sintió afectado de algún modo por el hecho de tener que abandonar el único hogar que había conocido hasta entonces, el cuarto que ocupara durante tantos años y los terrenos que había recorrido tantas veces hasta el punto memorizar hasta la última hoja, la última piedra y el último surco, es forzoso decir aquí que no lo demostró. Fue de gran ayuda a la hora de acarrear los muebles de los Guérin, y el nuevo ambiente pareció excitarlo tanto que en cuanto llegó se puso a cuatro patas y empezó a olfatear los rodapiés, y a examinar cada estancia minuciosamente, fascinado de ver los objetos familiares —su cama y su edredón, las ollas y sartenes, las sillas gemelas que usaban los Guérin para sentarse delante del fuego— acomodados en ese nuevo emplazamiento. El patio no era demasiado grande, pero al menos estaba libre de sordomudos y era un lugar donde podía echarse a observar el cielo o cortar con el hacha y el serrucho los trozos de madera que Madame Guérin necesitaba para la estufa; un lugar para dormir al sol junto a Sultán, que estaba cada día más gordo y perezoso. Y todas las mañanas, como lo había hecho durante años, Madame Guérin se lo llevaba a dar una vuelta por el parque.

¿Y qué fue de Itard? Al menos en un principio, el doctor hizo un esfuerzo para seguir visitando a Victor, quien, al escuchar su voz, corría a darle un abrazo y a recibir la recompensa que Itard nunca olvidaba, puede que una bolsa de nueces o una naranja. Victor tenía unos veinte años ya, era más bajo que el promedio de hombres de su edad, en realidad del tamaño de un niño, pero su cara se había ensanchado y había criado una barba que le cubría las mejillas y que descendía incluso hasta la cicatriz de su garganta. Cuando salía a pasear seguía trotando de ese modo suyo tan particular, pero al caminar por el interior de la casa, o por el patio, adquirió la costumbre de desplazarse de un lugar a otro como lo haría un viejo. Itard consideraba a los Guérin viejos amigos, casi unos camaradas de armas, pues sentía que había atravesado junto a ellos un auténtico campo de batalla. Madame Guérin, por su parte, insistía siempre en cocinar para él cuando venía de visita. Cierta incomodidad, cierta torpeza se había instalado ahora en la relación entre él y su antiguo pupilo. Toda la intimidad física cultivada durante tanto tiempo había quedado relegada apenas a ese abrazo del saludo. ¿Qué sentido tenían esas visitas? ¿Acaso podrían decirse algo el uno al otro? Victor hablaba con los ojos, con ciertos gestos elementales de las manos, pero Itard ya no estaba interesado en ese vocabulario. Ahora era un hombre ocupado, muy requerido. Su fama crecía cada día, y con el tiempo estas visitas se fueron haciendo menos frecuentes, hasta que llegó un día en que cesaron definitivamente.

Asimismo, los Guérin, retirados ya de su trabajo en el instituto, estaban envejeciendo de tal modo que para ellos las semanas parecían meses y los meses años. Unos años que se iban amontonando sobre sus espaldas. Monsieur Guérin, diez años mayor que su esposa, cayó enfermo. Victor aguardaba delante de la habitación del anciano, mirando al vacío con sus ojos neutrales, sin comprender nada. O, al menos, eso le parecía a Madame Guérin. Cuanto más la necesitaba su marido, mayores parecían los requerimientos de Victor, que intentaba llamar su atención y le tiraba de las faldas. Le pedía insistentemente que le preparara sus patatas fritas a cualquier hora del día, que le diera un vaso de leche o le masajeara las piernas, o que simplemente mirara con asombro algo que él acababa de descubrir: una araña tejiendo su red en la esquina donde se juntaban la chimenea y el cielo raso; un pájaro que se posaba en el alféizar y que desaparecía en cuanto ella se volvía para verlo… Y entonces llegó el día en que Monsieur Guérin se marchó también. Victor se quedó estupefacto ante el féretro, y se asustó al descubrir los rostros extraños que vinieron a reunirse alrededor del mismo.

El día después del funeral, Madame Guérin no se levantó de la cama hasta muy tarde, y Victor se pasó el día mirando por la ventana, más allá de la sombra del edificio de enfrente, hacia el lote baldío. Se sirvió varios vasos de agua seguidos, el líquido primordial, el líquido que lo devolvió a sus tiempos de libertad y escasez, y observó el lugar donde la hierba estaba más alta y donde el viento se enredaba entre las ramas de los árboles. Cuando la luz cambió al atardecer, Victor puso la mesa como le habían enseñado a hacerlo: tres tazones, tres vasos, tres cucharas y las servilletas de tela bien dobladas.

Asomó la cabeza al cuarto de Madame Guérin, y se paró junto a la cama para observar la gravedad de su rostro, su piel cenicienta, las líneas de dolor que le arrugaban el mentón y se plegaban en el rabillo de los ojos. El chico tenía hambre. No había comido nada en todo el día. El fuego se había apagado y la casa estaba fría. Hizo un gesto con la mano, como llevándose algo a la boca, y cuando Madame Guérin empezó a levantarse, él la tomó de la mano y la llevó a la cocina para señalar las hornallas.

En cuanto atravesaron el umbral, Victor entendió que algo no iba bien. Ella titubeó y él sintió el brazo de la anciana temblando sobre el suyo. Y es que la mesa estaba puesta para tres.

—No —dijo ella con una voz quebrada que se negaba a salir del fondo de su garganta—. No, no, no…

Porque esa era una de las palabras que el chico entendía. Los hombros de la mujer se encorvaron y entonces empezó a llorar, con un lamento suave de dolor y desesperación, y durante un buen rato él no supo qué debía hacer. Al final, con la misma cautela con la que solía cazar los bichos en su remota vida campestre, Victor se acercó a la mesa y quitó el tazón, el vaso, la cuchara y la servilleta, y luego lo puso todo de nuevo en el armario.

En los años que siguieron el chico rara vez salió de la casa o del patio, encerrado como había estado tras los muros del edificio aledaño. Con el tiempo, Madame Guérin se descubrió demasiado débil para llevarlo a pasear por el parque, así que él se quedaba mirando por la ventana durante horas o se echaba en el patio para ver cómo se desplegaban lentamente las nubes por el cielo. Ya no disfrutaba demasiado de la comida, aunque seguía comiendo día tras día como si se estuviera muriendo de hambre, como si aún fuera un animal que vagara por La Bassine con el estómago encogido por la falta de uso. Le engordó la tripa y se le ensancharon las caderas. Su rostro también se hizo más redondo hasta resultar casi irreconocible. Nadie sabía ya cómo era. A nadie le importaba. Alguna vez había sido la sensación de París, pero ahora ya nadie lo recordaba. No se acordaban ni siquiera de su nombre, Victor. Madame Guérin tampoco lo llamaba ya así. Ahora no hablaba con nadie, excepto con sus hijas, que venían a verla de vez en cuando, ocupadas como estaban con sus propias vidas y sus amores. Por su parte, los ciudadanos de París, si lo reconocían al verlo pasar como quien recuerda las noticias de otra generación o un viejo cuento infantil contado a la luz del fuego, se referían a él simplemente como 'el Salvaje'.

Una mañana Sultán desapareció como si nunca hubiera existido, y unos días después ya había otro gato dormido en la silla o en el regazo de Madame Guérin mientras ella cosía o repasaba con atención las páginas de la Biblia. Victor apenas reparó en ello. El gato era una cosa hecha de músculos y órganos ocultos. Perseguía los saltamontes que se paraban en los muros a recibir el sol, y comía de un plato en la cocina. También se pasaba su larga lengua por todo el cuerpo, incluso por el agujero que tenía bajo la cola, aunque casi siempre estaba echado, malgastando su vida en una siesta interminable. Para Victor no significaba nada. Los muros, el cielo raso, la visión de los árboles lejanos y el cielo y todo el poder de la vida que brotaba de la tierra bajo sus pies no significaban nada. Ya no.

Tenía cuarenta años cuando murió.

Índice

∽

1 7
2 13
3 21
4 39
5 53
6 69
7 85
8 111